本书由福建明德书院、福建华夏学校和龙岩明德职业中专学校资助出版

追光文库

滕伟民·著

岁月如歌

The
Years Flow
Like
a Song

华夏出版社
HUAXIA PUBLISHING HOUSE

图书在版编目（CIP）数据

岁月如歌 / 滕伟民著. -- 北京 : 华夏出版社有限公司, 2025. --（追光文库）. -- ISBN 978-7-5222-0948-7

Ⅰ . I267

中国国家版本馆CIP数据核字第2025355QV4号

禁止将本书内容用于人工智能训练，违者必究。

岁月如歌

作　　者	滕伟民
责任编辑	杨小英
责任印制	周　然

出版发行	华夏出版社有限公司
经　　销	新华书店
印　　装	北京华宇信诺印刷有限公司
版　　次	2025年9月北京第1版　　2025年9月北京第1次印刷
开　　本	710mm×1000mm　1/16
印　　张	12.125　　彩　插　1
字　　数	102千字
定　　价	58.00元

华夏出版社有限公司　　地址：北京市东直门外香河园北里4号
　　　　　　　　　　　　邮编：100028　　网址：www.hxph.com.cn
　　　　　　　　　　　　电话：（010）64663331（转）
若发现本版图书有印装质量问题，请与我社营销中心联系调换。

2024年，滕伟民在大兴安岭当年伐木的地方

2024年，滕伟民在原一师六团一营七连知青纪念碑前

2024年，滕伟民（左）和战友老张（中）、老幺（右）在加格达奇嘎仙洞合影留念

朋友，你到过林区的采伐场吗？如果你初次看到采伐树木的情景，刹那间就会被吸引住，那些高大、笔直的树木几乎是一棵挨着一棵。你若是站在山脚，看山腰上伐木的情景，那的确是一幅壮观的景象。

序
Preface

我在认识三云先生之后才真正了解到中国盲人的很多历史,比如说中国盲人福利会成立于1953年,当时的内务部部长谢觉哉出任主任委员,主持工作的副主任委员是黄乃(辛亥革命家黄兴之子)。1954年,中国盲福会创办《盲人月刊》,毛泽东主席亲自为该刊命名。1955年,中国盲福会着重举办全国盲人干部训练班,设五个专业:工业、农业、文化、按摩和音乐。其中音乐班是谢觉哉部长亲自提议开办的,谢部长说:"在中国历史上盲人为音乐做出过很大贡献,有许多为人们所熟知的音乐家。"干训班两年后结业,首批学员被派往祖国各地,成为盲人事业的骨干力量。

我觉得三云先生就是一本盲界的史书,是新中国盲人历史发展的活字典!

这本书开篇文章记录了盲人与音乐的不解之缘,读来令人感叹。

接下去的独幕话剧和两篇散文,反映了一代知青的蹉跎岁月,他们的足迹深深地记录了那段青春岁月。三云先生是一个有着知青背景的作家，他后来成了盲人但仍然在坚持写作，文笔流畅且体现出那一代人独树一帜的正能量。

在翻开这本书之前，我对知青岁月的了解，多是从我读大学的时候老师推荐的知青"伤痕文学"，还有一些零散的故事和影像中拼凑而来，这些内容更多的是引导我们对那段历史进行反思和自省。但当我打开这本书，跟随作者的笔触走进北大荒那片广袤而神秘的土地时，才真正触摸到那段波澜壮阔历史的脉搏，他给了我们一个独属于他的视角，让人耳目一新。

书中的主人公，一个意气风发的青年，响应时代的号召，奔赴北大荒。他在山中放牛，牛群在青草间悠然吃草，他却在与自然的相处中，感受到了生命的质朴与坚韧。每一次日出日落，每一场风雨洗礼，都成为他成长的注脚。后来，他投身大兴安岭的伐木工作，在林海中挥汗如雨，那一根根原木，承载着他的青春与梦想，也见证着他对这片土地的热爱与奉献。他曾经在一首诗里写道：

灾难降临时，我享受平静，

幸福降临时，我开始流浪，

忧郁孤独时，我与自己干杯，

优美旋律中，我开始幻想。

我一定来自遥远的北方，

因为我有着正直的鼻梁，

我一定属于一个马背上的民族，

因为我有着不醉的酒量。

多少次在梦中追求着远古的自由，

一生都在追逐希望的太阳。

……

    这本书不仅仅是一个人的回忆录，它更是一部关于青春、理想、奋斗与牺牲的史诗。它让我们看到，在那个特殊的年代，一群年轻人如何在艰苦的环境中坚守信念，如何在平凡的生活中创造不平凡的成绩。它提醒着我们，无论时代如何变迁，奋斗的精神永远不会过时！

相信每一位读者，都会被书中的故事所打动，都会在主人公的经历中找到自己的影子，都会对那段知青岁月有更深刻的认识和理解。

我也曾经送给他一首诗：

你一定来自遥远的星空，
不然黑色的眼睛怎会如此明亮。
多少个梦里你看见了繁星，
自由飞翔是你的梦想。
一千个人把你放弃，
你一次一次把自己拾起，
用破碎的心歌唱。
一万个谎言在空气中飘荡，
你也坚信那是另一种善良。
……

多么希望那些老去的知青们读到这本书时，放下过去的一些苦痛，让嘴角上扬，大声喊一句：干杯！

这是一本值得一读再读的好书，它将带领我们穿越时空，回到那个激情燃烧的年代，感受岁月长歌中青春无悔的情怀。

《岁月如歌》就要出版了，祝贺三云！

中国盲人协会副主席　刘　芳

目 录
Contents

001   我所了解的盲人与音乐

057   话剧　我们的故事

103   暴风雪中的小酒馆

143   大兴安岭的思念

由于盲人失去了最珍贵的视觉，从生理代偿的角度而言，他们的听觉、嗅觉、触觉、味觉等就更加发达，因此音乐伴随着盲人群体的生活，一部盲人与音乐的故事史也发展至今。

在周代，"瞍""矇"均为盲人乐官的称谓，他们将治乱兴衰的历史用音乐的方式传达给君王，引导君王反思。

汉唐时期，占卜在盲人中形成专门职业，民间俗称"算命"。北派替人多尊东方朔为祖师，南派则奉张良为祖师。替人的"金柳二艺"（即算命与说唱）由此并行发展。

盲人阿炳和他的《二泉映月》扬名海外，日本指挥家小泽征尔初闻后表示"此曲应跪听"。

我所了解的
盲人与音乐

中华文明古国是人文精神的重要孕育地之一。在人类漫长的发展长河中，音乐几乎伴随着人类最初的语言而同时诞生，甚至还早于成系统的语言。人类与其他生物的重要区别在于智能及语言能力，音乐是智能的产物，从某种角度讲，音乐比语言的作用还要广泛，更能表达人类的情感。盲人是一个特殊的群体，由于盲人失去了最珍贵的视觉，从生理代偿的角度而言，他们的听觉、嗅觉、触觉、味觉等就更加发达，因此音乐伴随着盲人群体的生活，一部盲人与音乐的故事史也发展至今。

中国有五千年的文明史，从远古至今，一直有关于盲人音乐的记载。最早的记载是反映帝喾尧舜禹时期。王国维《今本竹书纪年疏证》中记载："（帝喾）使瞽人拊鞞鼓，击钟磬，凤凰鼓翼而舞。"其中提到的"瞽人"即盲人，瞽是形声字，上为鼓，下为目，代表盲人的职业为瞽师。许多文献中提到瞽乐即盲人演奏的音乐，包括击钟、击磬等打击乐器的表演。传说帝喾为三皇五帝之一，被视为华夏人文始祖。早在上古时期，帝喾就能欣赏盲人演奏鼓、钟、磬等乐器，随着音乐响起，连凤凰都展翅起舞。相传舜的父亲瞽叟为盲人乐官，曾参与尧帝时期的礼乐制作。

到了夏朝，也有瞽人为乐师，对盲人的称呼除"瞽"字外，文献中亦用"瞍"或"矇"，更多时候以"瞽矇"相称，虽然意思都为盲人，但也有细微的不同。"瞍"字特指有目但无瞳仁。夏朝时，每有日食出现，便请盲人击鼓以驱除灾异，这个习俗一直流传至今，如今在边远山区碰到日食时仍有人击铜盆以辟邪。由于长时间注视日食方向，眼睛会受到严重损伤，或许夏朝日食时令盲人击鼓也有其不受强光影响的考虑。此情景在《左传·昭公十一年》引《夏书》中有记载："辰不集于房，瞽奏鼓。"

到了商代，贵族子弟学习礼乐的场所"瞽宗"逐渐形成。《礼记·明堂位》载："殷人设右学为大学，左学为小学，而作乐于瞽宗。"商代乐师多由通晓巫术的贵族担任，盲人仅零星参与祭祀奏乐。

周代礼乐制度臻于完备，于朝廷设立"大司乐"作为最高音乐管理机构，其核心乐官多由盲人担任，称为"瞽矇"。关于盲人乐师的建制，《周礼·春官·宗伯》中有记载："大师，下大夫二人；小师，上士四人；瞽矇，上瞽四十人，中瞽百人，下瞽百有六十人；眡瞭三百人。"其中"大师""小师"为瞽矇中的佼佼者，既是乐官首领，又是音乐教育导师。郑玄注云："凡乐之歌，必使瞽矇为焉。命其贤知者以为大师、小师。"

曾有人提出，为什么遥远的古代让盲人做乐师呢？有观点认为，远古时代科学不发达，人们于大自然的恶劣环境中很容易受到各种疾病侵害，致盲率和致残率都很高。而健壮的劳动力需要参加战争、从事体力劳动，这就使得乐师这类非体力劳动职位多由盲人承担。这种观点有一定合理性，但更深层次的原因在于，盲人失去了视力，其听觉往往更为敏锐，无论是歌唱还是演奏器乐，盲人都展现出更强的天赋；同时，盲人通常拥有惊人的记忆力。吟诵是音乐的早期形式，研究表明，吟诵有利于强化记忆能力。还有一种观点认为是出于君王的安全考虑——盲人在宫廷内演奏时对君王不构成危险。

周朝是先秦时期社会发展最鼎盛的阶段之一，经济、文化都已经相当发达，此时宫廷中的盲人乐师也发展到了鼎盛时期。据文献记载，当时的宫廷盲人乐师就有300余人，这个规模要是放到现在，无论是西乐还是民乐，都属于大型乐队。周朝的乐队不光从事娱乐演出，还负责大型祭祀活动。宫廷内举行的各种礼仪活动也需要音乐演奏，正所谓钟鼓齐鸣,因此周礼成为最宏大、最庄严、最复杂的大礼。

随着春秋战国诸侯争霸,社会礼乐、文学等多元文化蓬勃发展,《诗经》就是其中代表。《诗经》是我国古代最早的一部诗歌总集,收录了西周初年至春秋中叶(公元前11世纪—公元前6世纪)的诗歌共305篇,反映了周代约500年的社会风貌。《诗经》在内容上分为《风》《雅》《颂》三部分,《风》是周代民间歌谣,《雅》是周人的正声雅乐,《颂》是宫廷和贵族宗庙祭祀的乐歌。相传《风》的部分主要是由盲人乐师传诵的,盲人记忆力好,经他们口耳相传,诗文代代传播。

值得注意的是,周代的瞽人乐师除了演奏乐器、诵唱诗歌外,更通过诗乐结合的方式实现历史传承与政治谏言,形成诗、史、乐相融合的文化传统。精通音乐的瞽矇往往通晓历史,在大司乐这一官方音乐机构中,瞽人用诗与乐结合、听觉记忆与口传心授结合的方式完成诗乐传承。瞽人乐师常以史诗为谏言载体,如《国语·周语上》记载:"瞽献曲,史献书,师箴,瞍赋,矇诵。"这里"瞍""矇"均为盲人乐官的称谓。他们将治乱兴衰的历史用音乐的方式传达给君王,引导君王反思。

相传乐官中的"师"是乐官体系的核心职位。郑玄注云："大师，瞽官之长。"《风俗通义》解释，"师"仍是"乐人"，瞽者之称，晋有师旷，鲁有师乙，郑有师悝、师触、师蠲、师成。各位"师"都有自己擅长的专项，比如卫国的师涓善于搜集并弹奏民间乐曲，鲁国的师乙擅歌乐理论、师襄精于弹琴，等等。这里最为著名的要数晋国盲人乐师师旷。

师旷（约公元前572年—约公元前532年），字子野，春秋晋国乐师。有一种说法认为，师旷为了专心从事音乐而自伤失明。《韩非子·十过》中有师旷鼓琴的记载："一奏之，有玄鹤二八，道南方来，集于郎门之垝；再奏之而列；三奏之，延颈而鸣，舒翼而舞。"意思是，师旷弹奏古琴时，第一曲奏完，连天上的仙鹤都落在庭院里倾听，第二曲奏完，它们会排出队形，第三曲奏完，它们会引颈高鸣，张翅跳舞。以上描述足见师旷琴艺精湛。师旷不仅是音乐家，还是杰出的政治家，他曾向齐景公谏言治国之道。《韩非子·外储说右上》记载："齐景公之晋，从平公饮，师旷侍坐。始坐，景公问政于师旷曰：'太师将奚以教寡人？'师旷曰：'君必惠民而已。'中坐，酒酣，将出，又问政于师旷曰：'太师奚以教寡人？'曰：'君必惠民而已矣。'景公出之舍，师旷送之，又问政于师旷。师旷曰：'君必惠民而已矣。'"师旷作为一名盲人乐师，却能受到君主如此敬重，可见他的声誉之高。师旷曾反对晋平公听《清商》新声，称其为"师延媚纣之曲"（《清商》传为商纣乐师师延所作靡靡之音）。可见他把音乐视为关乎国运兴衰的政治教化工具。

东周时期，诸侯割据，礼乐崩坏，盲人乐师流落民间，反倒催生了民间音乐的繁荣。秦朝建立后，宫廷中仍有瞽人演奏的记载——荆轲刺秦前，高渐离在易水边击筑送行，以悲歌"风萧萧兮易水寒"壮行。荆轲刺秦失败后，高渐离被熏瞎双目后进入秦宫，借击筑之便行刺秦王（嬴政），虽未成功，却成就了音乐史上以乐刺秦的悲壮传奇。

瞽人音乐流入民间后，其活动主要分为三大门类：器乐演奏（琴瑟钟磬等）、歌谣传唱（含叙事歌谣）、说唱艺术。据考证，春秋战国时期说唱就已相当流行。战国荀子整理的《成相篇》被视为说唱艺术的早期形态，它虽被视作"讽谏诗"，但其击节方式和句式结构，实源自"瞽诵诗谏"的传统。

瞽人在这一时期，不仅传承着音乐与歌唱技艺，也使得说唱艺术获得长足发展并代代相传。值得注意的是，汉唐时期，占卜在盲人中形成专门职业，民间俗称"算命"。这一行业的理论奠基者虽不可考，但据民间传说，北派瞽人多尊东方朔为祖师，南派则奉张良为祖师。瞽人的"金柳二艺"（即算命与说唱）由此并行发展。随着佛教在中原广泛传播，僧人边诵经边击节吟诵的传法形式，与本土瞽人诵唱技艺相互影响。彼时，民间已涌现《陌上桑》《孔雀东南飞》等叙事诗杰作，此类乐府诗多由乐师配乐传唱，其中不乏盲人乐师。这些作品既体现了时代文化特征，又成为中华音乐文化的瑰宝。

隋唐时期，因开放政策，西域乃至日本、朝鲜半岛的音乐元素相继传入中原，乐器种类不再局限于传统的打击乐、弹拨乐与吹奏乐。宋元时期，说唱音乐发展趋于成熟。元朝作为蒙古族建立的统一政权，草原文化广泛传播，进一步丰富了瞽人的音乐表现形式。至明清时期，盲人音乐说唱迎来创新突破——社会上出现了"三堂五会"（盲艺人行会组织）等基层组织，如京师的务本堂、公义堂、信义堂，以及天津的公益堂等。这些组织带领盲艺人深入权贵宅邸，为婚丧节庆等场合提供专业的演出服务。可以说，盲人音乐的发展始终与古代社会的变迁紧密交织，既反映了时代风貌，又推动了民间艺术的传承创新。

盲人说唱源流

盲人说唱艺术的历史源远流长。事实上，自春秋战国时期"礼崩乐坏"后，原本在宫廷中担任乐师职务的盲人群体失去了原有的制度保障，逐渐流落民间。这些盲艺人以说唱为生，从简单的歌曲、器乐表演逐渐发展出以叙事为主的说唱形式，进而衍生出后世的各种说唱艺术形式，如大鼓书、评弹、莲花落等，直至明清时期的鼓词、弹词等说唱艺术形式，都是这一艺术传统的延续与发展。

研究说唱艺术的起源，应当追溯到《诗经》。《诗经》包含了丰富的民间风俗内容，反映了当时的社会形态，可视作中国说唱艺术的早期源头之一。

《诗经》作为中国最早的诗歌总集，其本质是周代礼乐制度的核心载体。南宋郑樵在《通志》中提出："风土之音曰风，朝廷之音曰雅，宗庙之音曰颂。"这一分类精准揭示了《诗经》的多元音乐属性。值得注意的是，据《周礼》等文献记载，"颂"类乐歌的演奏主要由瞽矇乐官承担。西周至春秋时期的盲人乐官群体具有特殊的社会地位，他们不仅掌握音乐技艺，更可能兼通天文历法、文字训诂等知识。以卫国乐师师旷为例，《韩非子·十过》记载其"援琴而鼓"，通过音乐讽谏时政，具有深谙音律以察政的非凡才能。

除《诗经》外，战国时期出现的《成相篇》可视为我国说唱艺术的早期形态。该文本载于《荀子》，采用固定节奏的韵文形式劝谏君王施行贤政、推行法制。其表演形式具有鲜明的音乐特征：盲人乐官通过击打竹制"相"（原为舂米工具，形制似木杵）产生节奏声，在固定句式中形成说唱韵律。典型如开篇："请成相，世之殃，愚暗愚暗堕贤良。人主无贤，如瞽无相何伥伥！"其中"成"指击打，"相"既指乐器，亦隐喻盲人的助手"眡瞭"。后一句意思是：如果君王没有贤臣，就像盲人没有引路人一样，是多么惆怅的事啊！

街头艺术——莲花落

在唐宋市井的烟火深处，盲艺人的吟唱始终是街头一景。江西一带流传的"莲花落"（又名"落离莲"）堪称典型——这种与佛教渊源深厚的说唱艺术，其雏形可追溯至唐代，定型于宋代。早期表演者手持七块板（左手两片大竹板，右手五片小竹板），通过击节发声，以"莲花落，莲花落"的固定唱词开场，将佛经故事融入通俗唱词。

至宋元时期，这种街头艺术悄然演变：盲艺人开始搭档表演，一人主唱时，另一人持花棍敲击节奏或操作板鼓伴奏。演出场所从市集扩展至茶肆酒楼，内容亦从佛经故事逐渐融入民间传说元素。值得注意的是，《东京梦华录》记载了北宋汴京盛行的"唱赚"艺术。唱赚虽与莲花落同属宋代市井说唱门类，但更侧重器乐伴奏与复杂程式，二者共同为后世戏曲艺术的发展提供了丰富的养分。

明清时期，莲花落迎来全面繁荣。关公、秦琼等历史人物成为新主角，表演形式吸收鼓词（或称"鼓儿词"）的叙事结构和唱腔特点，引入胡琴、琵琶等弦乐器，逐步形成包含打击乐（武场）和管弦乐（文场）的复合伴奏体系。演出场所固定于茶馆戏楼，职业班社涌现，衍生出"清门"（票友组织）与"浑门"（职业艺人）两大流派。这一时期，莲花落已从最初带有谋生性质的街头技艺升华为大众娱乐，成为连接市井文化与文人雅士审美的独特纽带。

贤孝盲艺承千年

明清时期，盲人说唱艺术已传遍大江南北，连西北边陲的青海也活跃着这样的民间艺人。青海西宁至今流传着一段佳话：盲人按摩专家任治平先生曾保存过一位传奇盲艺人"尕甘姐"文桂珍的珍贵录音。这位1920年出生的艺术家嗓音醇厚柔美，将青海贤孝唱遍乡里。她所传承的青海贤孝包括西宁贤孝、河州贤孝，用青海方言讲述忠臣良将、孝子贤孙的故事，既有历史演义也有劝善内容，像《白鹦哥吊孝》便改编自佛教故事《鹦哥宝卷》。

这类说唱艺术形式丰富，既有讲述历史的长篇大贤孝，也有演绎生活故事的小段小贤孝。演唱时讲究"说唱结合"，小段往往只唱不说，长篇则穿插说白。曲调多采用五声音阶，常见大贤孝调、小贤孝调等几种固定腔式，伴奏主要用三弦和板胡，通常是女艺人弹三弦，男艺人拉板胡，也有自弹自唱的形式。

据考证，西宁贤孝成型于明代中期，脱胎于明清时期盛行的佛教宝卷，吸收了古代"门词""陶真"等说唱形式，融合了盲艺人传唱的劝善书元素。艺人们代代相传，使青海贤孝在保留传统的同时，形成了如今独特的韵味。这种艺术形式主要流传在汉族聚居区，但通过茶馆、庙会等场所的演出，对当地少数民族文化也产生了积极影响，成为西北地区多民族文化交融的一个生动例证。

盲艺京声：历史与新生

20世纪40年代，北京城里活跃着一批特殊的民间艺人。年逾九旬的钢振华老人（曾任北京香山橡胶厂厂长）回忆，他们盲人戏班走街串巷时，常能收到一些喜好曲艺的富贵人家的赏钱。那时一场演出下来，戏班子能挣10块大洋，钢老和两个师兄弟能分到1块大洋——这在当时可买两袋白面或整只羊。

钢老的回忆录里藏着不少掌故：东北军阀张作霖有个专职盲人说书先生，他的大鼓书张大帅百听不厌。更有趣的是这位军阀的偏好——喜欢秦琼、单雄信，不喜欢罗成；喜欢关羽、赵云，不喜欢刘备。

新中国成立后，北京市文联主席老舍多次到香山观看盲人演出。当时政府正整治"封建迷信"，盲人的说唱和算命都被禁止。老舍四处奔走，推动海淀蓝靛厂、宣武门、通州建起福利厂，收留了五六百名盲艺人。这些工厂最初生产橡胶制品、纸箱，后来还搞起低压电器。厂里还组织盲人宣传队，用简单快板宣传政府倡导的新风尚（如爱国卫生、破除迷信等）。

钢老特别提到，老舍作品中那些鲜活的盲人形象，都源自他多年接触的盲人朋友。这些艺术家虽然失去光明，却用声音照亮了旧日北京的市井生活，他们的故事至今还在胡同里口耳相传。

三弦战士韩起祥

在陕北黄土高原，曾有一位用三弦丈量时代的盲人艺术家韩起祥（1914—1989）。韩起祥 3 岁因天花失明，13 岁学艺，他最擅长的是边弹三弦边说唱。这位陕西横山人用一生谱写了一段传奇：他创作并改编了 500 多部说唱段子，改编《白毛女》《王贵与李香香》等经典，让陕北说书从街头巷尾登上艺术殿堂。

在延安时期，韩起祥带着三弦走进杨家岭。毛主席听他说书后，据说笑称"三弦打得像机关枪"，还许诺要送他新琴。后来毛主席果然兑现承诺，那把特制三弦至今收藏在延安市曲艺馆。周总理也曾被他的说书吸引，称赞他一个人一把三弦，能把党的温暖送到群众身边。

这位"革命的三弦战士"始终与时代同行：新中国成立初期创作《刘巧团圆》获文化部甲等奖，1957 年在中南海怀仁堂演唱新编《翻身道情》。他更积极参与残疾人权益保障事业，作为盲人代表（与黄乃等人）在相关讨论中提出诉求，为推动将残疾人权益保障条款写入国家宪法贡献了力量。

韩起祥的艺术生命扎根民间：他走遍陕北及周边地区260多个村庄采风，将信天游、秦腔融入说书，晚年培养了270多名盲人弟子。女儿韩应莲继承父业成为国家级传承人。正如习仲勋题词"民间艺术家的一代典范"，他用三弦弹出了黄土地上的时代强音，让盲人艺术在新中国焕发出新的生机。

太行山盲艺人侯松锁

在山西太行山麓，曾有一位说唱盲艺人侯松锁（1930—2018）。他生于山西陵川县太行山下，9岁失明，13岁学艺，70年的说唱艺术生涯让他赢得"太南瞽圣"的美誉。这位经历过儿童团放哨、读过一年书的盲人艺术家，将民间智慧与历史记忆都融进了说唱中。侯松锁能够熟练说书50多部，自编自唱100多部说唱词，教授过几百名学生，录制超过5000小时说唱节目，为社会留下了大量的非物质文化遗产。

侯松锁9岁拜河南盲艺人王秀魁为师，成为其关门弟子。王秀魁不仅对他倾囊相授，更教会他算命技艺——"说书、唱曲是根本，算命是保障"，这双手就这样撑起了盲艺人的生计。他的师爷刘聚发曾是光绪年间的算命先生,并弹得一手好三弦,这段师承让侯松锁的作品兼具历史厚重与民间趣味。

侯松锁曾编写《左权将军鲜血洒太行》,在太行山区传唱数十年。他还改编过《小二黑结婚》《白毛女》《父子送军粮》《做军鞋》等大量作品,依靠家乡文化馆,建立盲人宣传队,带领盲人从事文艺表演。他曾自编《说古道今》,用盲人听得懂的"历史课",讲述从盘古开天之后各朝代更换及君主的主要政绩:

  人常说很早有三皇五帝,伏羲式神农氏还有轩辕。

  天皇治天地皇治地人皇治人,女娲氏七彩石吃劲补天。

  前三皇讲起来历史甚远,后五帝有记载九百多年。

  五帝神黄帝颛顼帝喾尧舜,这五帝最有名是尧舜二位。

  夏朝有十八君四七〇年,十八皇最出名的是禹王治水。

  商朝皇三十二唐乙是明君,总时间

五百五十四年。

西周亡东周罢七国争霸，东西周一共做了八百多年。

夏商周全都是农业治国，到秦朝转变了成封建社会。

秦始皇灭六国统一宇内，秦始皇一共做了三十七年，

秦朝真正统一是做了十五年。

……

这部说唱曲在盲人中广泛流传，还帮助许多山西群众了解了中华文明的大致脉络。侯松锁在山西、河南几十个县都留下足迹，他的演艺时间之长、演艺内容之广泛在说唱界实属罕见。2018年，侯松锁逝世时，许多盲人学子和当地群众都出席了葬礼，中国盲协还赠送了挽联。

太行山上的盲人宣传队

近年来，一种原生态艺术形式震动了中国音乐界——山西太行山区的左权县盲人宣传队。这支诞生于1938年抗战烽火中的特殊队伍，由盲艺人组成，他们宣传抗日思想，

在太行山众多村镇间书写传奇。盲人特有的隐蔽性使其成为八路军传递情报的"活地图"。宣传队既为八路军传递物资，也将抗日思想编成唱词。常有八路军干部带着盲艺人走村串巷，用说唱形式传播革命火种。抗战胜利后，这些盲人依然留在太行山继续传唱。《左权将军在太行》被他们一直传唱成了队歌，这首队歌由一人领唱，全队合唱，其内容感人至深。

数十载春秋流转，宣传队经历了队员更迭，三弦琴声却从未停歇，他们的唱腔早已融入太行山的血脉。要不是有这样三个人，左权县盲人宣传队的故事不知道还要演唱多少年才能被世人所知。

第一位人物是走出太行山的作家刘红庆。1976年冬，刘红庆在漫天风雪中走出北京站，开启了创作生涯。起初，他执着于书写重量级人物传记，直到某天夜里，太行山高亢凄凉的山歌突然叩击他的灵魂。他毅然辞去工作，回到太行山，与担任左权县盲人宣传队队长的二弟及其盲人兄弟们同吃同住。很快，他便写出了太行盲人的故事，接着又推出了重量级作品《向天而歌》。或许因为浸透血脉的乡土基因，又或许因为母亲与弟弟都是盲人，刘红庆的文字总带着特殊的温度。此后，中国盲人出版社邀请他创作盲人与导盲犬的故事，他仅用三个月便完成了，为宣传导盲犬事业起到了重要作用。这位作家动情地宣称:"我愿做没有尾巴的导盲犬。"质朴的语言让许多盲人动容。

第二位人物是中国艺术研究院的研究员田青。2003年8月,田青赴太行山采风时,山风中飘来一阵伴着琴声的苍凉歌谣。作为音乐家,那些音符瞬间击中了他心底最柔软处——歌声里裹着悲怆与凄婉,像是从岁月深处荡出的叹息。他循声望去,一群盲艺人正仰头歌唱。他们的皮肤被山风磨得黝黑,衣着仿佛停留在30年前,歌声更是沉淀了至少50年时光。有人拉着二胡,有人吹着唢呐,锣鼓声里迸发出震撼人心的呐喊。田青站定在原地,琴弦震颤间,他感受到了太行山的沧桑与沉重。那些原生态的唱词十分质朴,例如:

谁说是桃花红来,谁说是杏花白,瞎瞎地活了这辈辈,我可是没看出来。

山路路你就开花,漫天天你就长,太阳开花是甚模样,这辈子费思量。

胡琴琴你就开拉,咯吱吱你就响,父母养育我费心肠,兄弟情难忘。

太行山你就长咧,走也走不到头,下辈子好歹要睁开眼看看这道梁。

这分明是他再熟悉不过的《桃花红杏花白》,却被盲人们唱出了蚀骨的苍凉。接着又飘来《光棍苦》的悲音：12个月依次开放了各种花,可盲人日复一日地孤独着。听着粗粝的歌词,田青不由得想笑,抬手掩嘴却摸到两行泪——作为音乐家,他自觉写不出这样的词句：

> 松木木做档,柏木木做梁,
> 一把黄土就埋了咱的娘。
> ……
> 崖顶上开满了山丹丹花,
> 瞎哥们拉扯着走天涯。
> ……
> 喊爹喊娘喊苍天,
> 下辈子可得让咱睁开眼。
> ……

那一刻他顿悟：这才是真正的非遗,是带着泥土味的原生态艺术。这些歌谣有如千年的叹息,足以拖住现代人飞速狂奔的脚步。

后来,田青把左权盲人宣传队带进北京的音乐殿堂。

这个素来以犀利著称的学者，在盲艺人面前变得柔情似水。当这支队伍成为学界研究课题时，更动人的是音乐缔结的情谊——多年后田青罹患重病住院治疗，盲艺人们竟凑出一些钱来探望。田青连连拒绝："你们能来看我，就是最好的安慰！"田青不收，众人却执拗地不肯离开。田青待身体康复后，不止一次感叹，这是他一生中最宝贵的财富。

第三位人物是浙江卫视主持人亚妮。2000年，她主持开创了浙江卫视首个以主持人命名的文化栏目《亚妮专访》，节目版权远销海外。若沿着星光大道走下去，不难想象未来有一天，她会红遍大江南北。可命运却发生了改变，亚妮为了寻找一位大奖赛歌手，走进了太行山。

那天在偏僻乡野，旧祠堂的戏台上，11位盲艺人向天而歌，瞬间亚妮就被深深地震撼了。从开始到曲终，亚妮的眼泪就没有止住。她走进他们的生活，和他们同吃同住，视他们为稀世珍宝，她决心记录他们的人生故事，把他们视为中国的"荷马"。她在大山里一住就是三年，想把这些行走在深山、用艺术照亮生活的艺术家反映给祖国和人民。她花了十年工夫写成一本书，制作了一部纪实故事片，其中的艰辛无以言表。为了拍摄一个镜头，她跳进冰冷的溪水中，一待就是一两个小时。每拍一个镜头，她都充满了担心和感动，因为这是一个特殊的群体，黑暗永远包围着他们，但他们却极其艰难地用歌声和弦音照亮着太行山的一草一木。

每当春天来临，盲人们拉起队伍将要进山，他们行进的方式让亚妮感到无比心酸。最前面领路的是有一点微弱视力的盲人，他身背行李和乐器，手里拿着竹竿。后面的盲人左手扣肩右手探竿，11人就这样排成一队，深一脚浅一脚地在山路上走着，一路唱着山歌。

亚妮加入他们的队列，当拍摄到盲人按古礼拜山，每人要许愿时，亚妮叮嘱他们心里咋想就咋说。拜山仪式开始了，盲人们一个个面对青山跪下，发出内心的呐喊："苍天在上，祖师爷在上，这辈子受苦受罪也就罢了，下辈子一定让俺睁开眼看看这大山。"他们有的祈求姻缘，有的祈愿后代安康，哭喊着将头磕在山石间，好像重锤声声敲在亚妮的心上，摄影师则哭到直不起腰。最终，纪实故事片《没眼人》首先在浙江卫视播出，并在影视界引起了广泛关注。亚妮还和这11位盲艺人成了最亲的朋友。故事传开后，许多山民都真诚地相信，如果世上真有活菩萨，那就是亚妮。

左权盲人宣传队历经数十载坚守，其艺术传承受到中国盲人协会、中国残疾人艺术团及众多音乐名家的关注与支持。在绵延的太行山脉间,至今仍有十余支盲人宣传队跋涉于山乡。2017 年,在刘红庆等人的推动下,山西晋城汇聚了来自各支队伍的近 200 名盲艺人进行联合展演,中国盲人协会派代表全程参与。

藏族音乐家阿觉朗杰

这里还应提到少数民族音乐大师阿觉朗杰(1894—1942)。朗杰出生在西藏塔布地区(今属山南市),据传两岁时独自在院中的他竟被乌鸦啄去双眼,成为盲人。父亲用蒙着羊皮的大碗固定琴弦制成简易乐器,小朗杰竟能弹奏简单的曲调。在父亲弹唱六弦琴的熏陶下,他逐渐萌发对音乐的热爱,从父亲与叔叔处习得大量民谣。双亲离世后,少年朗杰在雅鲁藏布江冷达渡口卖唱谋生,南来北往的旅人不仅赞赏其技艺,更教给他藏地各区域的民歌。

后来,有位官员在考察途中发现了朗杰的才华,将他带到拉萨发展。在拉萨,随着朗杰声名日盛,他加入了"朗玛吉度"艺术团——这种七人表演形式集歌、舞、乐于一体,使用藏族传统乐器如铁胡、扬琴、笛子、根加、串铃等,另设主唱一人。朗杰很快就掌握了多种乐器,但他最擅长的还是六弦琴，他能疾速弹拨琴弦的同时吟唱藏地歌谣。他的旋律中流淌着雪域圣山的纯净、雅江的奔涌、神鹰的翱翔、格桑花的绽放、诵经的庄严以及情歌的炽烈。数年后，朗杰成为拉萨朗玛团体的领军人，被尊称为"阿觉朗杰"。

约1919年，朗杰在拉萨租下两间大屋开设音乐传习所，其独具高原风韵的演奏演唱深受各界欢迎。这被认为是拉萨较早的专门音乐教育机构之一，培养了众多早期藏族音乐家。人们提到他总会说："他的十个手指头上有神灵。"1942年朗杰辞世，后世尊其为大师，在西藏的艺术学府中悬挂其画像，永志这位雪域盲眼歌王的传奇。

阿炳：黑暗中的音乐绝唱

论及近代瞽矇音乐人，首推"瞎子阿炳"（1893—1950）。阿炳本名华彦钧，江苏无锡人，清光绪十九年生于无锡雷尊殿旁"一和山房"。其父华清和（号雪梅）为洞虚宫雷尊殿当家道长，母亲秦氏出身农家，幼年时父亲与他以师徒相称。华清和精研道教音乐，尤擅多种乐器。道场法事时，经他调度，殿内钟鼓笙箫共鸣，幼年阿炳耳濡目染间习得音律精髓。

传闻其父授艺极严：练笛时需逆风而立，笛尾悬坠秤砣；习二胡常练至琴弦染血、指尖结茧。阿炳天赋卓绝，兼通文墨，尤精道教音乐，青年时已能演奏270余首曲目，尤以二胡、琵琶见长，边奏边唱的绝技更令其获誉"小天师"。彼时雷尊殿香火鼎盛，一年收入可支配两三年的用度。

华清和去世后，阿炳继任道长。失去父亲管束后，他生活放纵，流连烟花巷，并沾染鸦片，最终因梅毒感染等原因而双目失明。他不得不离开雷尊殿沦落市井。1933年，阿炳与寡妇董彩娣同居，辗转茶馆卖艺为生。此时的他已能操演300多首民间乐曲，其中大多系自创改编。世人渐忘"华彦钧"这个名字，只叫他"瞎子阿炳"。为了生计，他曾赴上海在昆曲班仙霓社担任琴师，参演电影《七重天》饰盲人角色。1939年，他返回无锡重操旧业。

每天上午，他于茶楼采编市井轶闻，进行构思创作，午后在崇安寺弹唱，夜阑时执二胡游街，扶人肩徐行，奏《寒春风曲》如泣如诉。音乐家师乐蒙曾忆述："幼时见大师走来，听那琴声十分震撼。我为了听完一首曲子，常常跟着走出几条街。"一位盲人二胡演奏家也曾感叹："大师的二胡曲不光悠扬，还有明显的节奏感。如果手持盲杖边走边点地，很快就能合拍入韵。"

1950年夏，中央音乐学院为了发掘、保存和研究民间音乐，委派杨荫浏教授赴无锡，为阿炳录制《二泉映月》《听松》《寒春风曲》三首二胡曲及《大浪淘沙》《龙船》《昭君出塞》三首琵琶曲。当时的录音设备极其简单，阿炳也仅取为别人修理的二胡临时演奏。然而这六首曲子尽显宗师气象，其中《二泉映月》尤其撼人心魄。日本指挥家小泽征尔初闻此曲表示"此曲应跪听"。阿炳和他的《二泉映月》扬名海外，中国音乐人以他为骄傲，可对于他能演奏的270多首乐曲来说，这六首曲子又算得了什么呢？

值得探究的是，阿炳茶馆唱词大多涉及市井趣谈，偶尔有抗日故事及《义勇军进行曲》演奏。客观来讲，他既非完人也非恶人，只是靠手艺谋生的瞽矇艺人。无锡毗邻太湖，自春秋吴地起丝竹之音便浸润民间，更兼千年道教音乐滋养，孕育出独特的艺术土壤。阿炳所在的雷尊殿坐落于无锡闹市，类似老北京的天桥，这为他早年富足生活与后来沦落市井的命运转折提供了时代注脚。

我们必须深入研究阿炳留下的六首传世之曲。阿炳35岁失明之际，其琵琶、竹笛、二胡已有极高的造诣。琵琶曲《昭君出塞》承自家学——其父华清和素有"铁手琵琶"盛名，他最常演奏的曲子就是《昭君出塞》与《大浪淘沙》。

而《龙船》多为阿炳原创，他曾向无锡民间乐人习得粤曲《三潭印月》，将其韵致熔铸于江南水乡龙舟竞渡的意象中。二胡曲《听松》是借"听宋"的谐音暗喻岳飞抗金的史事，《寒春风曲》则浸透身世飘零之痛——从远近闻名的道长沦为市井盲丐的沧海桑田，竟阴差阳错成就了中华音乐史的璀璨明珠。

原本《二泉映月》并无定名。当初杨荫浏携录音机采录时，阿炳称此曲为"自来调"。杨荫浏少时曾向阿炳学过三弦与琵琶曲《梅花三弄》，却未闻此调，他深信这是阿炳失明后的呕心之作。经再三恳请，阿炳这才命名《二泉印月》，后来人们改为《二泉映月》。杨荫浏的远见确系珍贵机缘，若无此番抢救性录音，《二泉映月》恐将湮没于市井。此曲意境万千：清者闻冷泉漱石，郁者感血泪奔涌，道教科仪之肃穆、瞽者逐光之执念皆蕴其间。它更成中华儿女精神图腾，凡二胡弦动处，必有《二泉映月》回响。

录音后不久，阿炳受邀到无锡牙医协会成立大会的文艺晚会上演出，首登人民的舞台，全场响起雷鸣般的掌声。阿炳激动地表示："我给无锡的乡亲拉琴，拉死也甘心。"同年12月，他咯血而亡，终年57岁。

丝弦圣手王殿玉

阿炳以二胡拟声名世，另有一位鲁地盲艺人王殿玉也精于此道。王殿玉革新二胡创制雷琴，拓展了弦乐表现力。坊间传闻，王殿玉有一次赴无锡巡演，阿炳听说后前去观看，但苦于没钱买票，只好伫立园外聆听。这竟是两位丝竹宗师此生的唯一交集，不免令人唏嘘。

王殿玉（1899—1964）生于山东郓城，6岁时患天花致盲，父母早逝后与兄长相依为命。因家境贫寒，兄长无力照料，年幼的他只得流浪乡间以乞讨为生。

9岁那年，他拜师马玉修学习占卜算卦，乡邻们称他"二瞎子"。有位好心人看他年幼可怜，特意做了把胡琴。虽不成调，但拉响时总算能代替吆喝。每到一家，恶犬拦路，他便拉琴模仿狗叫，声声逼真，竟能把恶犬吓退。久而久之，不仅犬吠，连鸟鸣虫吟、鸡鸭啼叫他都能用琴声逼真再现。

学会不少民间小调后，他离开乡间，到郓城县卖艺为生。有位乡亲从济宁带回一把二胡，有了这把琴，他的技艺突飞猛进。男声女腔、老少笑语，他能样样都模仿得惟妙惟肖，颇受当地人们的喜爱，很快便赢得"神童"美誉。

1928年北伐军控制郓城，北伐军军官张瑞璜奉命前往济宁执行任务。得知郓城至济宁的交通要道设有敌军关卡，他想到带盲人王殿玉同行，自己充当他的向导，就能掩护过去。经王殿玉同意后，两人顺利通关。抵济宁后，张瑞璜助其在茶馆奏艺，未料琴声引发全城热议，更获邀赴济南登台。至此，王殿玉告别街头，正式踏入戏园。

在天津演出期间，他见观众痴迷京剧，遂潜心研习京戏仿奏：不仅以琴拟出锣鼓铿锵，更将梅兰芳、程砚秋、尚小云、荀慧生等京剧四大名旦的唱腔尽数融入弦中。自此声名鹊起，巡演足迹北至东三省，南达江浙沪。某次沪上献艺特增《渔光曲》仿奏——原唱者实为著名演员王人美，引得满堂喝彩。

1935年黄河决堤，王殿玉忧心如焚，将沈阳、北平、天津、武汉等地义演所得悉数捐献赈灾。一个盲人救助灾民，此事被当时媒体争相报道，人们不再叫他"二瞎子"，而是尊称他为先生。此后他组建家庭，请了经纪人，漂泊生涯方告终结。

1951年，王殿玉加入天津红风曲艺社，成为台柱子演员。此时他已将胡琴改良为雷琴——这种自创乐器音域更广、拟声更绝，他也因此被尊为"雷琴宗师"。1953年，他在首届全国民间音乐舞蹈汇演中获得优秀表演奖，同年转入天津市曲艺团。

王殿玉曾演奏京剧、评剧、河北梆子等一些著名演员的唱段，代表曲目有《笙管合奏》《鸡鸣犬吠》《胜利锣鼓》等。他还擅仿名曲，德沃夏克的小提琴曲《谐谑曲》、梅兰芳的《凤还巢》《贵妃醉酒》、程砚秋的《碧玉簪》、马连良的《借东风》等，皆能凭雷琴再现。台下观众时而屏息凝神，时而哄堂大笑，常有好奇者起身查看是否有"隐藏乐队"。

王殿玉收了许多徒弟，门生遍布大江南北。许多徒弟后来成为名演员、名艺术家，他们把雷琴艺术带到全世界，深受海外各界的欢迎。曾有美国乐迷现场发问："你这琴音域有多宽？一个八度能奏全12个音吗？"他当即操琴演示，先以连弓在第一把位清晰地奏出12个半音，接着换分弓、断弓在二三把位如法炮制，三个八度音阶滴水不漏。正因为王殿玉的艺术成就及高尚品德，后人盛赞他为"稀有之奇才，罕见之绝技，丝弦之圣手"。王殿玉曾表示："我是没眼的人，但绝不做没眼的事。我希望有眼的人，千万别做没眼的事。"

前文提过阿炳与王殿玉的神交，王殿玉也和另一位盲人有过交往，他就是后来成为中国二胡大师的甘柏林。

1947年，王殿玉在湖南长沙一家影院演出。在两场电影之间的空隙,他演奏了胡琴、古筝和小号,受到观众热烈欢迎。人们不断要求他返场,致使后一场电影无法按时放映。当时12岁的长沙盲校学生甘柏林在场,演出结束后,王殿玉被邀请到长沙盲校。甘柏林为他演奏了二胡曲《湖南民歌》和《二胡小曲》,王殿玉对甘柏林的演奏大为称赞。他说:"你耳音好,乐感好,别拉二胡了,跟我学艺吧。"1958年,甘柏林又拜访了王殿玉在天津的家,此时的甘柏林已成为青年二胡艺术家。

二胡大师甘柏林

甘柏林(1935—2025)出生于湖南长沙,是著名的二胡演奏家、音乐教育家,被人们称为"当代阿炳"。甘柏林原名甘佰林,因灌制二胡曲唱片时编辑疏忽,将"甘佰林"误写为"甘柏林",但随着唱片广泛传播,这个名字逐渐被人们接受。

甘柏林幼年时生活在长沙东郊韭菜园甘家大院,7岁时因战乱家境中落,被送到孤儿院,后来因病失明。1944年,甘柏林师从谢圆满学习算命。他聪明伶俐,令谢圆满十分惊讶——占卜术中需背记的内容有480句、近5000字,仅出生年月日的凶吉断语就有100多条,预测婚姻的断语也有 100 多句。即便成年人也需背诵半年以上，甘柏林却只用三个月就倒背如流。谢圆满带着不满十岁的徒弟四处算命，同时让甘柏林牢记算命过程。1945 年春天，甘柏林已能独自算命，他天资聪慧且善于分析求算者的周边环境，往往出口切中要害，被当地人称为"小神仙"，但他内心并不快乐。

1945 年抗日战争胜利后，长沙盲哑学校恢复办学，甘柏林随即入校就读。也就在此时，他遇到了启蒙音乐恩师武泗玉。武泗玉是长沙盲哑学校的国乐教师（盲人），曾就读于南京盲哑学校，博闻强记，知识渊博。他亲自传授甘柏林笛子与二胡演奏技艺。甘柏林练琴十分刻苦，每天练习长达十三四个小时，常因手指流血顺着琴弦流下而浑然不知。武泗玉深为感动，从此对他倾囊相授，还给他讲古代音乐大师师旷、现代音乐大师刘天华的故事。刘天华的《光明行》《空山鸟语》《病中吟》等曲子是甘柏林练习最多的作品。经过几年苦功，他的二胡演奏打下了坚实基础。当时留声机罕见，为让甘柏林听到刘天华的演奏，武泗玉带他走了很远的路，在朋友家听到了刘天华的《病中吟》和《空山鸟语》唱片。当乐曲从留声机传出时，甘柏林如遭雷击般呆立当场，泪水随着如泣如诉的旋律汩汩流出——他仿佛回到了悲惨的童年、孤儿院的日子和算命的少年时光。乐曲令他肝肠寸断，同时也让他领略了大师的艺术魅力。听完《空山鸟语》，他仿佛置身于天上人间，乐曲终了仍久久不能自持。从此，甘柏林更加刻苦练功，成为长沙盲哑学校二胡演奏水平最高的学生。

1951年初，湖南人民广播电台文艺部专程到长沙盲哑学校，为甘柏林录制《光明行》和《空山鸟语》两首二胡独奏曲并播出。这两首曲子引起巨大反响，电台收到大批听众来信要求重播，甘柏林的名字在湖南几乎家喻户晓。此时的甘柏林还不满16岁，或许正是从这时起，他展现出了成为刘天华二胡艺术流派传人的潜力。

1951年，甘柏林转入南京盲校，在这里遇到另一位恩师宋廷亮。宋廷亮是当时江苏的二胡高手，他帮助甘柏林解决了揉弦问题。除音乐课程外，南京盲校的语文、数学教学水平较高，甘柏林阅读了大量文学作品。文学艺术的滋养，让他对音乐有了更深刻的理解，其二胡演奏也更富感情色彩和历史厚重感，他很快成为南京盲校50人乐队的二胡首席。

1955年，中国盲人福利基金会举办全国盲人干部训练班，设立包括音乐在内的五种专业，甘柏林被南京盲校推荐到北京学习，这次培训成为他人生的重要转折点。首期学员中，除盲校优秀毕业生外，还有许多在革命战争中盲残的干部、战士。受苏联作家奥斯特洛夫斯基影响，甘柏林原本打算报文化班实现作家梦，但开学典礼晚会上的演出，让培训班领导了解到他的二胡演奏水平。教导主任动员他改报音乐班，培训班还邀请张韶、刘明源、王铁锤、冯子存等音乐家为音乐班授课。老师们的教导让甘柏林的二胡艺术有了新飞跃，尤其是刘北茂老师的指导，解决了他演奏中的关键问题。刘北茂老师是刘半农、刘天华的胞弟，由中国音乐家协会主席吕骥推荐而来，与张韶老师同为当时的音乐大师。他仔细聆听甘柏林的演奏后沉思良久，说："你的二胡演奏水平已经很高，唯一的缺点是尚未形成自己的风格。音乐要表达个人思想，而非模仿。要把自己的经历融入其中，用音乐表现你的意识和思想，将你向往什么、追求什么、想表达什么都在琴声中展现出来，这才能形成你的特色，才能打动人。"甘柏林仔细品味每一句话，如醍醐灌顶，脑海中仿佛出现一片明媚阳光，领悟到许多年未曾悟到的东西。刘北茂老师传授的不是具体的弓法或指法，而是一种神韵。

在张韶、刘北茂等二胡界泰斗的指导下，甘柏林将童年苦难、少年流离和青年时期的丰富阅历融入艺术中。他们帮助甘柏林的二胡演奏形成了宽、厚、亮、甜、脆、美的发声特点，以及松、通、透的手法，使他不仅成为刘天华二胡艺术流派的杰出代表，也形成了自己的艺术风格与特点。

1956年，中央人民广播电台录制甘柏林的二胡曲《光明行》和《怀乡行》，在《祖国各地》栏目专题播出，很快在全国引起热烈反响。随后，中央人民广播电台通过国际台反复向海外播放，青年艺术家甘柏林的名字扬名海外。同年8月，中华人民共和国文化部和中国音乐家协会举办第一届全国音乐周，刘北茂和吕骥推荐甘柏林参加演出。甘柏林与来自全国各地的2000多名音乐家一同接受组委会严格筛选，当时还是学生的他脱颖而出。演出在北京天桥剧场拉开帷幕，甘柏林没想到，与他同台演出的有郭兰英、王昆等大艺术家。演出共三场，每晚一场，每场演出后都响起雷鸣般的掌声。几十年后，甘柏林仍记得，他是第四个登场的。工作人员扶他走上舞台，他演奏的是上海音乐学院陆修棠创作的《怀乡行》。场上一片寂静，二胡声流畅、优美、欢快而深情，拉到动人之处，更是感人心脾，催人泪下。演奏完毕，甘柏林瞬间没听到掌声——人们似乎沉浸在乐曲中。几秒钟后，掌声如潮水般响起。回到幕后的甘柏林久久仍能听见掌声，他被工作人员扶出去谢幕，回到幕后又一次响起掌声，不得不第二次谢幕。

音乐周结束后，甘柏林被评为民族器乐演奏家之一。随后，中央广播电台为他出版专集唱片，《中国青年报》《北京日报》《光明日报》等媒体相继报道他的事迹，甘柏林一举成名，那年他21岁。

在甘柏林从艺的70多年里，他获得众多奖项和荣誉，足迹遍布全国，还出访过多个国家。他主攻民乐，曾在吕骥推荐下进入中国音乐学院进修理论。这一时期，上海音乐学院也招收了两位盲人学生——后来的钢琴家王书培、音乐编导邵汉文。他们三人作为新中国培养的杰出的盲人音乐家，日后都成为音乐教授，甘柏林更成为盲人民族音乐学院派的重要代表人物。

盲人民乐大师：从弦管绝技到流派革新的传承者

盲人音乐家无论是从事中乐还是西乐，大多自学成才，至多拜师学艺。许多成名成家的大师，严格意义上讲源于民间实践的自发成长模式。如被称为"江南第一把弦"的宋心田，能用软弓京胡演奏唢呐曲《百鸟朝凤》，令人称奇。后来中央人民广播电台播放了录音，竟有音乐界人士打电话到电台，认为是播错了——明明听着是唢呐，怎会是京胡？可见宋先生的京胡演奏已达到以假乱真的境界。

盲人中还有许多民乐大师：北京盲人张广鸣先生创作的笛子曲《净水萍》独具风格，是笛子界公认的佳作；安徽省盲人尹明山创作的《百鸟音》也广为流传。这两位老先生均集作曲与演奏于一身，如今现代笛子界仍有许多人吹奏这两首曲子，只是鲜少有人知道作曲家是盲人。

天津盲人卢成科（1903—1953）三弦演奏技艺精湛，曾为几代大鼓书名家伴奏，被业内尊为"三弦大师"。天津是盲人曲艺家的聚集地，滚滚海河孕育了一代又一代盲人曲艺大师，卢成科先生便是最受天津人民爱戴的艺术家之一。他精通古曲艺术，对乐亭大鼓（铁片大鼓）、梅花大鼓和天津时调的完善起到了举足轻重的作用。卢成科最主要的成就在于整理、改革梅花大鼓。梅花大鼓源于清代北京旗籍子弟票友（如卞瑞等）中流行的曲调，其唱段在京津两地流传较广。卢成科考虑到梅花大鼓唱段多为才子佳人内容，在长期演绎中，他更着力于丰富唱腔和革新伴奏间奏。卢成科门下弟子众多，最著名的有花四宝、花五宝、花云宝、花莲宝、花金宝、花银宝，其唱法充分体现了卢派"悲、媚、脆"的特点，高亢中不失婉转，使梅花大鼓在20世纪30年代的天津得以蓬勃发展，民间素有"有梅皆花、无腔不卢"的说法。除梅花大鼓外，卢成科还培养了许多三弦演奏高手，并为后人留下了珍贵的音响资料。

与卢成科同时代的天津盲人曲艺大师还有胡宗岩和谢瑞东。胡宗岩是卢成科先生"巧变丝弦"技艺的重要传人，他曾在天津市和平区曲艺团工作，后来曲艺团解散。1979年，天津筹建实验曲艺团，刘文亨团长特意请来胡宗岩，专为白派京韵大鼓艺术家阎秋霞担任伴奏。谢瑞东是鼓曲伴奏艺术家，曾为多位曲艺名家伴奏，进入天津曲艺团后，一直为乐亭大鼓名家新韵霞伴奏，二人合作演出的乐亭大鼓《赶慢车》由中唱公司灌制了唱片。

新时代的盲人音乐艺术

1949年，新中国成立，毛泽东主席在天安门城楼上向全世界庄严宣告这一历史时刻，古老的中国从此翻开崭新篇章。

盲艺人们虽仍从事吹、拉、弹、唱，但很快面临转型压力。受当时政策导向影响，民间艺术活动被纳入严格管理，走街串巷的演出队被禁止，公园、车站卖唱等行为被视作"变相乞讨"予以取缔，盲人算命亦被明令禁止。时任北京市文联主席的老舍先生心系盲人，推动建立多家福利厂，其中宣武区教子胡同福利厂、香山橡胶厂规模较大，各招收两百余名盲艺人。经短期培训，他们转型从事低压电器组装、橡胶制品生产等工作。但福利厂主要招收中青年盲人,老年盲人与盲童被排除在外,全国普遍如此。

北京某福利厂负责人指出,"自古盲人三条路"(算命、卖唱、乞讨)之说并不确切,北京盲人历来以"金柳二艺"(占卜与说唱)为主业,乞讨实为近代社会动荡所致。福利厂工资微薄,因此仍有盲艺人坚持半工半艺,活动范围转入偏僻山村或城市街巷。

盲艺人胡瑞峰天生嗓音出众,患天花失明后仍坚持演唱,其歌声高亢婉转,曾被歌唱家胡松华误以为是自己的早年录音。1976年底,在首都体育馆举办的一场文艺汇演中,胡瑞峰与李小妹演唱《九九艳阳天》《马铃儿响来玉鸟儿唱》,观众掌声雷动,二人多次返场谢幕,盛况空前。

1. 盲人艺术的复兴

盲人艺术的复兴始于改革开放后。1978年,中国盲人聋哑人协会恢复工作;1984年,全国盲人聋哑人协会第四届全国代表大会召开。1985年,首届盲人音乐艺术调演在北京举行,12名艺术家赴京演出,其中"江南第一把弦"宋心田以软弓京胡演奏《百鸟朝凤》,逼真音色令听众误以为是唢呐,震惊全场;甘柏林教授演奏《二泉映月》;上海音乐学院王书培教授、江苏刁锦富分别演绎柴可夫斯基作品与江南小调《太湖美》。黑龙江盲人歌手演唱《新货郎》《乌苏里船歌》，北京盲人歌手王立民翻唱《孤独的牧羊人》《吐鲁番的葡萄熟了》及《血疑》插曲，均获广泛赞誉。

1987年，中国残疾人艺术团成立。中国残联理事长刘小成虽非音乐专业出身，却以卓越领导力将艺术团推向国际舞台。甘柏林的二胡、田山的板胡展现东方弦乐魅力；宁夏歌手杨海涛演唱的《天堂》带观众领略草原浩瀚；艺术团还曾在白宫南草坪为美国政要演出，甘柏林的《二泉映月》、田山的《大起板》《夜深沉》蜚声海外。自成立以来，中国残疾人艺术团演出几乎场场爆满，成为盲人音乐巅峰代表。

与此同时，民间盲人演出悄然复苏。北京香山曾是盲人福利厂所在地，盲人板胡艺人田山在此卖艺，琴声惟妙惟肖模仿虫鸣鸟啼、流水松涛，吸引音乐学院学生录音。盲人歌唱家宋曼丽失明前是专业歌剧演员，失明后组建盲人合唱团，演出足迹遍及城乡。

改革开放40年间，盲人音乐逐步回归社会。2019年数据显示，全国注册的职业盲人音乐从业者约5000人，部分城市向盲人发放街头演出许可证，社会观念从"乞讨"转向"劳动"认可。

2. 盲校教育与音乐传承

截至1949年，全国盲校仅40余所，盲童入学率不足3%，无盲人高等教育。40年后，盲校增至200余所，盲童入学率（含随班就读）达80%，近十所高校开设盲人音乐专业。长春大学特教学院设立音乐专业，成为人才培养基地。近代盲校多由传教士创办（如北京盲校），除文化课外偏重音乐教育。1949年后，盲校教材一度照搬普通学校教材，近年来逐步优化。上海盲校培养了闫少章、王书培等音乐家，南京盲校组建大型乐队，北京盲校涌现胡瑞峰、田山等人才。盲校教育相比传统师徒制更系统，盲文乐谱成为关键工具。中国盲文出版社2010年后出版700余种、十万余册盲文乐谱，涵盖巴赫、贝多芬等大师的作品，馆藏规模位居全球前列。

3. 就业与新兴职业

除教育出版因素外，对盲人群体而言，就业因素同样至关重要。近年来，盲人的就业需求推动了盲人音乐的发展。中国盲人就业的主渠道是按摩行业，盲人按摩在中国拥有广阔的市场，这源于中医的三大疗法：针灸、中药和推拿（含按摩手法）。然而，并非所有盲人都适合从事按摩工作。音乐领域为盲人提供了另一条可能的职业路径，但其专业化需求较高。无论是声乐还是器乐演奏，要达到专业水准，天赋与勤学苦练都不可或缺，正所谓"台上一分钟，台下十年功"。因此，社会对盲人从事音乐工作的接纳，使其专业化成为必然趋势。

与盲人音乐相关，钢琴调律成为新兴职业。1986年，河北盲人教师孙永恩在北京举办首期盲人调律培训班；1989年，一位澳大利亚教师在北京盲校传授钢琴调律理论；1990年，在卡特中心资助下，长春大学特教学院开设首期盲人钢琴调律研修班，北京盲校教师李任炜是十名学员中唯一的盲人。李任炜成绩优异，在培训班名列前茅。从长春归来后，李任炜创办了中国首个盲人钢琴调律专业，北京盲校、北京联合大学也相继开设此类专业。后来，中国音乐家协会成立盲人调律师委员会，在培训、证书颁发及就业指导等方面发挥了重要作用。盲人调律师不仅能精准调琴，还擅长精修钢琴，这是许多普通调律技师难以企及的。由此可见，盲人特殊教育的发展促进了盲人音乐教育的进步，而就业需求的增长，则进一步推动了盲人将音乐作为职业选择的进程。几乎所有正规盲校都设有宣传队或乐队，每逢年节、纪念日，政府领导和慈善人士到访时，盲童都会表演节目，这些时刻往往真挚感人，令许多人潸然泪下、慷慨解囊。毫不夸张地说，面对盲人音乐艺术，能不为所动者在社会人群中占比极少。此外，由于历史上盲人可选择的职业范围相对有限，从事音乐成为一条传统且重要的就业途径。从心理学角度看，音乐能充分宣泄人类的情感，无论是愉悦、压抑，还是孤独、抑郁，这与盲人的心理状态高度契合。

甘柏林曾回忆，1955年中国盲人福利会举办全国盲人干部训练班，还专门设立了音乐班，甘柏林正是从该训练班结业，并在此后进入音乐学院深造。

4. 当代盲人音乐群星

近年来盲人音乐的代表人物可谓群星璀璨，其中不乏青年才俊与少年翘楚。前文提到的甘柏林先生已功成名就，作为盲人中的学院派代表，他从成名曲《怀乡行》到《二泉映月》的演绎，无不体现出其宽、厚、亮、甜、脆、美的独特风格。吉林艺术学院已为甘柏林教授建立专门工作室，以便深入学习、继承和研究他70年来的从艺成就。改革开放后，大批盲人音乐人才涌现。

* * *

中国民谣歌手周云蓬出生于1970年，9岁失明，15岁便弹得一手好吉他。他21岁考入长春大学特教学院学习中文专业，若论在一位艺术家身上完美融合文学与音乐、诗歌与歌唱，周云蓬当属实至名归。他曾自述："我是新世纪的候鸟歌手，冬天去南方演，夏天在北方唱，春秋去海边。"在人们眼中，周云蓬潇洒自然，长发披肩，宽大墨镜常伴其身，歌声如天籁般纯净。他不仅在音乐上才华卓越，在诗歌创作上也天赋过人，始终致力于"弥合诗歌与音乐的分离"。周云蓬还记得9岁失明前的一个生活印象，动物园里的大象用鼻子吹口琴，但这一切都成了过往。"黑暗给了我黑色的眼睛，我却用它寻找光明！"媒体曾问他："你9岁失明，这是否从精神上摧毁了你？"他淡定回答："不会的，那时我还没有精神，灾难来得太早，它扑了个空。每个人的一生都不会一帆风顺，遭遇挫折和不幸再正常不过。把灾难看得过重，它就是一座山，压得人喘不过气；笑对不幸和磨砺，灾难会觉得找错了人，只能在坚强者面前甘拜下风。"许多记者认为，周云蓬的语言本身就是诗，而他的诗既有文学的震撼力，也蕴含音乐的美感。

周云蓬的歌曲富有魅力，能感动许多人，不仅因其边弹边唱的风度、优美的旋律，歌词更像一首首完美的诗，直击人们的灵魂。他曾创作通俗歌曲《鱼相忘于江湖》，备受关注。歌词写道：

鱼忘记了沧海

虫忘记了尘埃

神忘记了永恒

人忘记了现在

也是没有人的空山

也是没有梦的睡眠

也是没有故事的流年

忘记此地是何地

忘记今夕是何夕

睁开眼睛就亮天

闭上眼睛就黑天

太阳出来

为了生活出去

太阳落了

为了爱情回去

……

周云蓬自己写词、谱曲、演唱。他唱歌时极为投入，宽大的墨镜、黑色的长发随节奏摆动，仿佛带领听众走进历史、走进阳光。他的诗歌曾获人民文学奖诗歌奖。

周云蓬几乎走遍全国，漂泊、浪迹天涯，收获巨大成功，却从未忘记与他命运相似的孩子们。他多次出资为盲童举办音乐工作坊，这在盲艺人中实属难得。2019年11月，周云蓬被聘任为中国盲人协会音乐与艺术工作委员会副主任委员。

* * *

笛子演奏家毛镝的专业水平广受认可。业内人士评价："毛镝的笛子演奏不仅在盲人中数一数二，在健全人中也名列前茅。"毛镝出生于1981年，自幼喜爱各种吹奏乐器，尤以竹笛为最爱。他的启蒙老师是著名笛埙演奏大师陆金山先生。或许因其起点较高且酷爱勤学苦练，毛镝在学生时期便初露锋芒：12岁时，便荣获第二届华夏未来少儿民族器乐独奏大赛金奖，少年时期便能娴熟演奏众多高难度曲目。17岁时，他在一次演奏中偶然吹起名曲《鹧鸪飞》，令在场艺术家惊叹不已。有业内人士感叹："多年未听过如此出色的笛子演奏。"毛镝的演绎能将阳光照耀下的红墙绿瓦、鸽子飞过古城墙的哨声，甚至落在屋檐上的翅膀拍打声，都惟妙惟肖地表现出来。他演奏的《运粮忙》，能让听众深切感受到劳动的热烈与欢快。

他曾谢绝特教学院音乐专业的邀请，一心向往中国音乐学院，终于在2000年如愿以偿，成为首位进入中国音乐学院的盲人大学生。他的入学得益于中国盲协支持，但更关键的是其专业水准。他得到著名笛箫演奏家张维良的亲授，在音乐理论方面则受教于宋飞老师。大学教育让毛镝在演奏技巧与音乐修养上实现了巨大飞跃。

2004年，毛镝顺利进入中国残疾人艺术团，毕业前便已获得教育部专家的高度认可。有人认为，将毛镝培养成高水平笛子演奏家，在某种程度上也是中国音乐学院教学水平的一种体现。中国残疾人艺术团帮助毛镝走向世界，2004—2018年，他完成了27国132场巡演，包括维也纳金色大厅、卡内基音乐厅等顶级场馆。2008年8月，毛镝在北京奥运会期间为国家领导人及国际友人演出，还参与奥运会闭幕式演出，被媒体誉为"一枚体育比赛之外的艺术金牌"。

作为笛子演奏家，毛镝在舞台上收获了无数掌声与欢呼，还出版了大量个人专辑：在中国音乐学院就读期间，与青年钢琴家金元辉合作推出《竹吟情韵》《水墨风情》，掀起了"民族乐器与钢琴合作"的热潮；2010年加入太华天使艺术团任笛子演奏员，出版《天山笛声》《笛语情思》《竹土情》等唱片，确立了其在青年演奏家中的领先地位。他的拿手曲目包括《运粮忙》《秦川叙事曲》《挂红灯》《赛马》《牧民新歌》等，他改编的《牧童短笛》《查尔达什》

《海涛》《碎梦》等作品也令人印象深刻,还成功演奏高难度世界名曲《流浪者之歌》(原以小提琴演奏闻名,毛镝用竹笛演绎属首创)。他的竹笛声时而悠婉,时而高亢,时而舒缓,时而激烈,生动展现了吉普赛人酷爱自由、浪迹天涯的浪漫情怀。毛镝常说:"音准、节奏是音乐两大要素,若做不到,音乐将无从谈起。"人到中年,他创立了全国首家盲人相声社团"闻笑轩",在天津等地为群众演出,探索新的艺术领域。

* * *

2017年11月1日,"阿炳杯"全国盲人器乐独奏大赛在江苏无锡举行,13岁的少年马成脱颖而出。甘柏林教授担任评委主任,对这位小演员的二胡演奏惊叹不已,给出最高分。最终,马成荣获中国盲协全国盲人器乐大赛民族组第一名。他演奏的《二泉映月》是所有盲人二胡爱好者的必练曲目,因其旋律耳熟能详,稍有破绽便极易被察觉,选择此曲参赛极具挑战性。乐曲伊始,仿佛一声声叹息,娓娓琴声勾勒出月冷泉清的夜晚——看不到月光银辉,唯有微风悄然拂过。马成的演奏平静中略带压抑,少年面孔满是沉思,仿佛独自面对漆黑长夜,孤独凄凉之感油然而生。乐曲从低音区、中音区进入高音区后,强劲的弓法、变换的重音、铿锵的切分音节奏与力度的急剧变化,将情绪推向高潮。马成深呼吸扬起面孔，似望无尽苍穹，表情交织痛苦与追求。琴声时而深沉，时而激昂，时而悲恻，时而傲然，全曲行云流水，一气呵成。评委们专注聆听尾声——尾声的演绎不仅需要音符的准确熟练，更需把握历史的沧桑与无奈，这对少年而言殊为不易。但随着悠悠琴声渐止，其情绪表现令人惊叹，犹如夕阳沉落苍山的最后一缕余晖，又如抒情诗的最后一个韵律，结尾似一声无奈叹息，又如未了的人生追诉，全曲结束堪称完美。马成再现了阿炳的二胡绝唱，充分展现了乐曲的和谐美、悲愤美、沧桑美、震撼美！甘柏林教授仿佛看到几十年前的自己……

赛后，马成拜访甘先生，原来他三年前（时年 10 岁）便已荣获全国少儿大赛一等奖。在房间里，他用二胡两根弦急促演绎世界著名小提琴曲《云雀》《霍拉舞曲》等，甘先生鼓励他到中央音乐学院深造，认为其将来必成大器。近年来，甘先生听闻他与友人在国内外演出，备受专业人士瞩目，坚信"自古英雄出少年"，看好其二胡事业发展。

马成 2004 年生于江苏泰州，就读于上海音乐学院，8 岁起师从著名的二胡教育家王永德教授学习二胡。2014 年，他获得了中国民族管弦乐学会及上海音乐学院颁发的社会艺术水平考级十级证书。在王永德的悉心教导下，加之自身天资聪慧与勤学苦练，他多次斩获大奖。2017年9月24日，他在上海音乐学院贺绿汀音乐厅参演了"王永德教授执教50周年教学成果展演系列音乐会"。同年，他参加了第九届全国残疾人艺术汇演，获器乐类一等奖。2018年5月，他开始师从作曲家何占豪先生学习作曲。在学习期间演奏的《梁山伯与祝英台》，获得了何先生的充分肯定。

* * *

若说毛镝是中国音乐学院首位盲人大学生，那么作曲家代博便是中央音乐学院首位盲人大学生。经过系统的专业学习，代博于2018年博士研究生毕业并留校任教。

代博1988年生于吉林省长春市，幼时便展现出非凡的音乐天赋。幼儿园时，老师因担心他被其他孩子碰到，将其留在教室，他竟爬上风琴敲奏出老师刚教的歌曲旋律。6岁时，奶奶动员亲属筹资为他购买钢琴，8岁起师从吉林艺术学院刘尚焜老师学习钢琴，一年后经引荐，开始师从长影乐团著名作曲家吴大明先生系统学习音乐创作。2001年，他以第一名的成绩考入中央音乐学院附中。命运使代博成为一名特殊少年。6岁手术时，他因担心麻药刺激大脑，主动要求局部麻醉；8岁在钢琴上创作处女作《小鸟》，歌词写道,"一只小鸟,不幸受伤了,小鸟小鸟,别把泪儿洒,风折断翅膀,难折断意志",已显创作灵气。在中央音乐学院附中求学期间,他虽因视力障碍偶受偏见,但老师和同学们给予了充分的理解与关爱。他常与老师探讨不同教学方法,有时对同学态度略显急躁,但大家始终予以包容。从附中毕业考入中央音乐学院本科时,代博曾落泪感慨:"我人生中最美好的时代过去了。"进入大学后,他更是如饥似渴地学习,相继完成了本科、硕士、博士学业,留校任教时已成为青年钢琴家与作曲家。他于 2014 年创作《看不见的山》,获得"贝多芬协会国际作曲比赛"第二名;声乐套曲《黎明的呼唤》入选国家艺术基金 2015 年度青年艺术创作人才资助项目。2017 年 1 月,他受邀在纽约举办个人作品音乐会,10 月,受波兰新四重奏团邀请创作《囚徒的子宫》并参与了该作品的首演。2017 年底,作为七位受邀的中国作曲家之一,他为纽约茱莉亚音乐学院举办的"聚焦·中国"当代音乐节创作了室内乐作品《差异与重复》,该作品于 2018 年 1 月在纽约成功首演。代博对成绩保持淡然:"我从不认为自己是天才,我所做的只是让我拥有的那部分才华发光了。"一位盲协老领导评价道:"代博的作品中蕴含着生命的永恒、精神的崇高、时间流逝的美以及深沉的无奈。我曾感动于阿炳的《二泉映月》,感动于何占豪的《梁山伯与祝英台》，我断定代博也必将创作出具有同等分量的作品。"

* * *

2019年3月，国家艺术基金2019年度艺术人才培养资助项目"特殊音乐表演人才培养"在吉林长春大学正式开班。该平台彰显了国家对盲人音乐艺术人才培养的高度重视。参训学员均为视障人士，其中不乏活跃于国内外的中青年艺术家，代表着国内盲人音乐艺术的较高水平。长春大学音乐学院集结了校内外优秀教授，课程涵盖音乐理论、盲文乐谱、心理学、传媒学等多个领域，向学员传授最新知识；专业技能辅导则采用一对一教学模式。一个月的培训让学员受益匪浅，结业汇报音乐会在长春大学校园内引起轰动：深圳学员董文强的陶笛演奏震撼全场，颠覆了许多人对陶笛"情绪低沉委婉"的固定认知，他的演奏时而高亢激昂，时而低沉呜咽，且曲目均为原创，充分展现了其深厚的音乐造诣；陕北学员边军的唢呐演奏极具浓郁的陕西特色，音色高亢，于凄凉婉转中透出忧伤，培训期间还学习了东北二人转，模仿得惟妙惟肖；河北学员张明精通二胡与钢琴，教学成果丰硕，学生已逾千人；吉林学员王凯、天津学员刘宝平、大连学员晏慧、湖北学员肖琴、重庆学员赖潘等均具备专业水准，艺术风格各具特色。业内人士评价，他们若加入专业艺术团体，稍加磨练便可成为优秀的演奏家。

培训班中更不乏多才多艺者：河北籍学员、流行歌手与独立音乐人李广州，曾荣获中央电视台《梦想剧场》季冠军、山西卫视《歌从黄河来》冠军、《星光大道》周冠军，并担任《星光大道》评委嘉宾，擅长通俗与流行歌曲演唱，在培训班演绎了美国"灵歌之父"雷·查尔斯的经典名曲《释放我的心》，与原作实现了深刻的"灵魂对话"，感人至深，同时精通架子鼓与键盘。湖北学员程前曾荣获2012年《星光大道》周冠军、第八届"阿炳杯"全国盲人器乐大赛一等奖，民歌与通俗歌曲演唱功底深厚，其笛子演奏水平远超业余考级十级水平。宁夏学员祁惠民能熟练演奏京胡、二胡、板胡，同时兼具演唱与教学能力，堪称复合型艺术人才。秦皇岛学员王宜明的二胡演奏与教学水平均属上乘，常被乐器厂邀请鉴定二胡出厂质量。沈阳学员、青年钢琴演奏者姜明明基础扎实，学习刻苦，经名师一个月的点拨后，其演奏中的艺术灵气显著提升。

培训班中还有许多未被详细提及的盲人艺术家，他们来自全国各地，活跃于当地的盲人文艺生活，部分学员在盲校任教培养新秀。令人惋惜的是，由于视障人士就业渠道相对狭窄，许多颇具才华的学员最终不得不选择从事按摩行业以维持生计，如江苏的石玉、甘肃的吴小燕等。离开培训班后，不知有多少同样热爱且擅长音乐的视障人士，最终无奈转行，例如：北京按摩医院的王景梅曾是一名优秀的女高音，大学毕业后从事按摩工作已逾20年；上海盲校的肖红钢琴与声乐俱佳，却长期从事盲文校对工作近30年，虽已成为盲文专家，却无奈告别了舞台。在中国庞大的盲人按摩师群体中，不知有多少人更适合从事音乐或教学工作。这并非他们能力不足，而是社会未能提供足够的职业发展机会。有调查显示，许多盲童十岁左右便开始忧虑未来的就业问题，这与同龄健全儿童无忧无虑的心态形成鲜明对比——十岁的孩子本应享受快乐的童年，而盲童却要为"将来靠什么谋生"发愁。我们期望国家和社会能给予这个群体更多的关注、理解与切实的支持。

文章写到这里，笔者为盲人音乐的成就感到振奋，也为许多盲人无法从事音乐事业感到遗憾。这里还需提及2024年在南京举办的"阿炳杯"全国盲人器乐大赛——比赛中涌现出一批新的表演人才：来自江南的马成再度斩获第一名，竞赛异常激烈，前三名得分极为接近，足见盲人民乐演奏水平的迅速提升；来自吉林的张亮亮将唢呐吹奏得淋漓尽致，令评委感动落泪。特别值得关注的是，比赛中涌现出一批出色的钢琴演奏人才。笔者曾询问著名钢琴调律大师李任炜:"他们的水平与1950年代王书培、刁锦富等老先生相比如何?"李先生表示,二者不可同日而语,这些青年演奏者演绎的都是钢琴文献中难度极高的曲目,且理解深刻,表现力淋漓尽致。老先生们的钢琴表演曾在民间广为传颂,如今新一代已茁壮成长。

至此,盲人与音乐的叙事暂告一段落,但盲人群体与音乐的联结必将永不终结。本文为查找资料、采访盲人老艺术家耗时五年,许多内容源自甘柏林、任志平、赵怀远三位先生的口述史料,以及王强等学者的文献资料。最后,让我们共同祝愿盲人音乐事业迎来更美好的明天。

远处有不知何时爆发过的火山口,天空有棉絮般的白云,小溪清澈见底,草地上开着各种不知名的小花,散发着奇异的芳香。我们在河边垒起石头,架上脸盆,把从屯里买来的鸡、鸭、鹅剁成大块丢进去,撒上几撮盐炖起来。

在夕阳的金色余晖中,总有一群羊与我相遇——那也是我们连队的,由一位扎着两条小辫的姑娘放牧,我叫她"牧羊姑娘"。

每天,她总是唱着歌回来,歌声由远而近,又由近而远。我的心似乎也随着她的歌声在草地上飘荡。

话剧
我们的故事

献给奔赴黑龙江建设兵团50周年

时 间

2019年6月18日，下午5时45分。

第 一 场

北京，鸿宾楼酒店大厅服务台。

[两名服务员一站一坐。

服务员甲　二楼鸿雁厅又上去两位先生，已经到5个人了。

服务员乙　是滕先生订的10位客人吧？

服务员甲　是，那位先生最早来，还留下9本书，吩咐走的时候每人带上一本。

服务员乙　什么书？

　　　　　[两位客人上。

服务员甲、乙　欢迎光临，请问有预订吗？

其中一人　鸿雁厅在哪？

服务员甲　二楼左手第一间。

　　　　　［二人上楼。

服务员甲　（翻开一本书读前言）在风中、在雨中、在暴风雪中，在天涯、在海角、在心灵深处，爱是不能忘记的……北方那片遥远的黑土地竟然越来越使我魂牵梦绕，想得我如痴如醉，以至夜不能寐，爱是不能忘记的。我深深地爱着这片黑土地，那八月瓢泼的大雨，十月漫天的飞雪，严冬呼啸的北风，雪地上一行行爬犁留下的痕迹，山谷里一片片挂在树上的血红的山丁子，屋檐下一串串透明的冰凌……一幕幕、一桩桩，真切得像昨天发生的事情。年轻的时候，认为那是一段不堪回首的岁月，提到它就十分厌恶，庆幸那段时间已成为过去，希望一去不再复返。人过中年才领悟到那段岁月是如何令人珍惜，甚至向往当年的苦难、当年的纯真、当年的迷茫、当年泥泞的散发着各种臭味的可爱的小镇。

　　　　　［老军人和两位女士小丽、小常上。

服务员甲、乙　欢迎光临，请问有预订吗？

老军人　有几个老头儿在哪个房间？

服务员甲　您问的是滕先生订的鸿雁厅吧,是有几位老同志,但都没您老。

老军人　（哈哈大笑）胡扯,老幺都没头发了,能不比我老么?（摘下军帽,露出黑白参差的短发,回身转向两位女士）走,正好6点。

[电梯关上门。

服务员甲　（读最后一句）无论过去爱过我的,还是恨过我的,我现在只想告诉你们,我特别特别想念你们。

——暗　转

第　二　场

二楼鸿雁厅,房间宽敞而明亮,餐桌上摆着六盘凉菜。

[浓眉大眼、秃顶的岳先生举起酒杯。

岳先生　今年是我们下乡50周年,今晚聚到一起,主要是商量大家是否回趟兵团。（想起两位女士小丽和小常与其他人不熟）我给你们介绍一下，这是小常。

小　　常　　还小常呐！该称老常了。我差不多都认识。

岳先生　　老幺，这是三云，本桌上唯一没退休的公务员。这是二云，三云的哥哥。这是大林，全国十佳摄影师。这是大苗，你们刚上楼的时候，他在讲一个故事。

小　　常　　讲什么故事？

大　　苗　　（对着小丽和小常）你们还没来的时候，他们等待的眼神就像狼一样，所以我给他们讲了关于"张三儿"的故事。

小　　丽　　大苗，趁着菜没上齐，你再讲一遍，我们也听听。

大　　苗　　那还是我们刚到东北的时候。七连有个马号，1969年由于秋天雨水大，冬天就特别冷，刚进入初冬就刮起了大烟炮风，呜呜的，偶尔夹杂着几声狼嚎。我们这些知青都不敢单独上厕所，当地一个叫孙广东的老汉，给我们讲了一个狼的故事。他说，当地管狼叫"张三儿"，"张三儿"是那里的"抗日英雄"。他比我们还小点儿的时候，那里来了日本开拓团，他们在那儿修了路、打了井、盖了房，还把附近十几个村庄并成一个屯儿，就是现在的团部。十里八乡的人都聚在一起，由一个中队的日本兵管着,人们惦记自己的村子,经常趁晚上偷着回去看看地里的庄稼。日本人就不干了,要把离开的乡亲们都抓回来。直到大雪封山,日本人还在各村搜索,一次半夜出动,恰恰撞上了山里饥饿的狼群。狼群围成一个半圆形,向日本鬼子进攻,人的叫喊声、狼嚎声传出几里之外,枪声不断,几乎响了一夜。第二天天亮前,才没了声息。人们找到出事地点,都惊得目瞪口呆,满地都是撕碎的军装和白骨,100多个鬼子无一生还,遍地都是子弹壳。看来日本人是打光了子弹。后来,日本人再也不去那里了,也许是觉得那里太恐怖,也许是认为那里没太大的军事价值。甚至从那以后,大群的狼也不知去向,只偶尔拖走老乡的一两只羊,却没有一例袭击人的事件发生。老乡们感念"张三儿"们的好处,在出事的二龙山河套立起一座碑,碑上无字,背面刻着一只狼。

后来,我们经常去那儿喝酒、野餐,"张三儿"的故事就这样在知青中传开了。

[众人发出一片惊叹声。

老　幺　(举起酒杯)你赶紧吃点吧,你看杜哥和张哥把一盘西湖醋鱼都快吃光了。我建议，我们为刚才的故事干一杯。

[大家轰然起立，纷纷干杯。老张一饮而尽后，放下酒杯。

老　张　据我观察，日本人是真想长期在东北扎下去的，他们基础投资很大，修公路，修铁路，连盖的房子都极其坚固，没有一点儿临时观念。有一年修水库，我们炸出一个日本仓库，你们都知道吧？

老　幺　哪年呢？

老　张　反正西湖醋鱼也没了，我把仓库的故事跟你们说说。

那年为了"上纲要"，二龙山团党委提出要修一个水库，于是从各连抽调知青上山炸石头。我们每天在山上打炮眼、装炸药、插雷管，再把炸下的石头运到水库边。二龙山并不太高，但绵延起伏，地势开阔。水库选在一个三面环山的低洼地——原来就有一条河从那里流过，夏天雨水大时，山坳里一片汪洋；冬天河水干枯，露出河床和许多石头。日本人占领时期，据说也想在这里修水库，而且动了工，但山上看不出任何工程痕迹。

石头整整炸了一个冬天，备料工作眼看就要完成。一个阳光灿烂的上午，随着几声炮响，我们走向冒着硝烟的采石场。我突然发现一块石头被整齐地炸成两半,其中一半上面竟然印着一条鱼的图案,非常清晰。用手摸上去,图案和石头连成一体——原来是一条鱼的化石。在场的几个知青围拢过来,谈论着这奇妙的发现。这条鱼有一尺半长,头大身子小,背上的鳍、身上的鳞片清晰可见,连腹鳍也能轻易分辨,尾巴呈两叉状,像鲸鱼尾巴,不像市场上常见的鱼种,倒像漫画里夸张化的鱼。"这地方原来肯定是海!"一个女生说。我弯下腰试着搬起这半块石头,起码有100斤,带回宿舍不太现实。这时,连长催促我们的哨声响起,大伙儿散去,我一脚把石头蹬下了山坡。

18年后,我在部里工作,一次出差时和一位考古学家同处一个包厢。茶余饭后,我谈起那块石头的事,专家大为可惜,不断拍着膝盖说:"在北方山区,鱼化石很难找到,尤其是二龙山屯紧靠五大连池——五大连池是北方著名的火山口,附近的鱼类化石标本更具重要考古意义。一块这样的石头,价值不亚于一块黄金!"专家不断摇头叹息,我也后悔不已——我们这一代人确实知识太贫乏,没文化不仅影响了专家的考古工作,还让我错过了一块黄金。

没想到继续炸山时又有新发现：当采石任务即将完成时，突然炸出一个洞，一股股冷气从洞里冒出，带着浓浓的工业黄油气味——我们竟然发现了一座日本人留下的仓库！工地上所有人都挤到洞口围观，消息迅速报到团党委，团长、政委驱车赶来。几名知青腰系绳子下到洞里，不一会儿就把一个个木箱搬了上来。大家既兴奋又紧张，都以为里面是武器弹药。小心翼翼打开箱子后，发现每个箱子里装着20个瓷瓶，瓷瓶用蜡封着，打开后里面全是辣椒酱，辣椒上面还有一寸深的油。把辣椒倒在地上，一片鲜红，香气扑鼻。经团卫生队化验，辣椒酱质量完好，仍可食用。

我们把仓库里的辣酱全部搬出，共有20000多箱。销售部在采石场以10元一箱的价格售卖，每个知青都买了一两箱，我买了三箱，打算带回北京——我妈爱吃辣酱。漫长的冬天来了，水库工程进展不顺：整整一个冬天，3000多名知青挖了几十万立方土，修起四堵高墙，却不知为何，水库基底老是漏水。劳动强度越来越大，食品供应越来越困难，辣酱一瓶瓶被吃完，加上各连队同学不断索要，我一瓶也没带回北京，只有辣酱的香味至今难忘。

前几年我到日本讲学，在几家超市分别买了辣酱，味道都不如当年的好吃。我一尝就断定，他们的工艺不如当年的"老鬼子"。

[大家哄的一声哈哈大笑。

老　幺　来！为小鬼子们一代不如一代干一杯！

[大家纷纷干杯。

老　幺　三云，今天你是召集人，现在可以开始讲话了。叫服务员把凉菜撤下，准备上热菜。

[三云站起。

三　云　今天请大家来，一是为了聚聚。今天是6月18日，大家都知道是什么日子——当年毛主席批了四个字，"屯垦戍边"，建立了沈阳军区黑龙江生产建设兵团。今年是我们到兵团五十周年，我们是回兵团还是办些纪念活动，各位商量一下。按咱东北的规矩，我先敬大家一杯酒，我喝三杯，大家随意。（他把三个酒杯分别倒满酒）

我从15岁开始喝酒，到现在50年了，基本上一天都没断过，也许哪天有特殊的事没喝酒，现在也不记得了。记得1969年8月，北京站汽笛一声长鸣，我们和送别的同学们高举盛满香槟的酒杯，一饮而尽，然后摔碎酒杯，头也不回地登上列车。想起那一幕是多么壮烈，多么年轻而单纯。北京站惊天动地的嚎哭声中，每个人脸上挂着眼泪和鼻涕，都似乎和我们毫无关系。我们乘上向北的列车疾驰，一路唱着歌："如果在节日里，有几个好朋友，和我们欢聚在一起，让我们举起杯，唱一支饮酒歌，唱起那欢乐的歌……""听吧，战斗的号角发出警报，穿好军装，拿起武器，青年团员们集合起来，踏上征程，万众一心，保卫国家！"唱这些歌时，我们把大杯的啤酒灌进肚里，仿佛自己已经成了军人，成了男子汉。

谁知好景不长，到了兵团后才知道，生活并不像我们想象的那样，不都是浪漫故事，有的是连绵秋雨、满地泥泞、成群蚊蝇、轰鸣的拖拉机、阴影中的康拜因，连热水也喝不上一口。于是，大多数人开始想家、哭泣、病倒。一切都让人想起北京，想起温暖的家。这时，东北的白酒成了我们知青唯一的朋友。世界上只有酒最真切，喝一两就是一两的感觉，喝二两就是二两的感觉——有一次喝了半斤酒，我感慨地说了这句话。谁知这话传遍了整个兵团，后来又跟着我传到了香港和台湾地区。

在兵团的日子里，酒伴随我度过无数日夜：冬天御寒，夏天解暑，春天喝着它跳进冰冷的水里捞麻，秋天喝着它欢庆田野丰收。想家时喝，节日时喝，立功、当"五好战士"时喝，逃跑回家被连队处分时也喝。上山伐木离不开酒，打火壮胆更离不开酒。南山放牧，酒伴随我策马扬鞭；水库运石，酒解除我一整天的疲劳。

我们在一营七连时，背靠五大连池，一到星期天，就约几个好友到河套去。远处有不知何时爆发过的火山口，天空有棉絮般的白云，小溪清澈见底，草地上开着各种不知名的小花，散发着奇异的芳香。我们在河边垒起石头，架上脸盆，把从屯里买来的鸡、鸭、鹅剁成大块丢进去，撒上几撮盐炖起来。有人添火，有人下河摸鱼。当肉香弥漫整个河套时，我们席地而坐，大块吃肉，大碗喝酒，大声唱歌，然后扯开喉咙猜拳行令。我们学会了东北所有的喝酒竞赛游戏，很多游戏透着深奥的科学，也包含着许多数学和文学知识。尽情喝上几个时辰，日落连池时，我们才手挽手、肩并肩踏着夕阳归去。

1976年，我大学毕业，分配到北京朝阳医院工作，有时会碰上患了不治之症的兵团战友。除了为他们治疗，我还有特殊的"政治思想添加剂"——酒。虽然我是医生，但我坚信能治病的不光是药。我把战友带进办公室，喝酒，谈人生，谈情绪对疾病的作用。酒作为媒介，使战友破涕而笑，我也从中得到无限欣慰。

1979年，一场疾病使我落下严重残疾，不得不放弃心爱的医疗工作，痛苦得想到自杀，但很快摆脱了寻死的念头。这当然离不开组织的关怀和亲人的体贴，但不能不承认，酒也起着重要作用。我真正体会到中国有句老话"酒壮怂人胆"——我并没有太怂，酒也就更壮了我的胆。重新走上工作岗位，酒也帮了点忙。

记得一次我去山东某市，下属单位的领导告诉我，主管他们的副市长不但人聪明、敬业、有政绩，而且为人豪爽，酒量过人。我们自然想与他开怀畅饮。酒过三巡，副市长提出让远方的客人先喝三杯，由他亲自端酒。他倒满三个八钱小杯，我端起来一一喝干，并告诉副市长："我也是山东人，爷爷奶奶当年闯关东，才到了外地。""你也是山东人？"副市长睁大眼睛看着我，然后向服务员招手："换大杯子！不这么喝了！"他从服务员手中接过两个一两二钱的大杯，说："你喝六杯，俺陪你喝六杯。"接着上一道海鲜，喝一杯酒，再上一道海鲜，再喝一杯酒。六杯酒下肚，我说："我家是山东登州的，还有一些亲戚在这里。"副市长仔细端详我："俺这里确实有些姓滕的，长相也和你有些相似，反正山东姓滕的不多，500年前肯定是一家。"席间谈得热闹，喝得尽兴。每人喝完一斤酒，我们到海滩上散步，交流了许多工作方面的事，一见如故，竟成了朋友。事过两年，我又到该市出差，他已经当了市长，老远看见我就大声问："老乡，这回用大杯还是小杯？"弄得周围的人都莫名其妙，只有我们俩会意地一笑了之。

四川是多民族聚居的省份，我曾带工作组去过100多个县。印象最深的是乐山周围的几个少数民族自治县，那里彝族、苗族、蒙古族兄弟对人的真诚、质朴，让人永远难忘。每离开一个县，县长都会亲自送到该县边界。下了车，端起银碗，倒上满满的"五粮液"，第一碗表示感谢，第二碗表示送别,第三碗祝你一路平安。说得你心里热乎乎的只想流泪。紧走几步,跨过碑界,那边的县长已经满面笑容地等在那儿,也捧过满满的三杯酒,第一杯表示欢迎,第二杯表示友谊,第三杯祝远方的客人健康。县县如此,乡乡如此,展现了中国民风的淳厚。

还有一次,我到福建省宁德地区某乡,有一个酿酒厂出产全省最好的黄酒。厂门口矗立着高塔牌楼,上面悬挂着一副巨大的对联,上联是"酿造农家酒",下联是"醉倒城里人",横批是"有到必醉"。我看了大为惊讶:"黄酒也能把人喝醉?"乡长笑而不答。中午席间,木质的大碗端上热腾腾的黄酒,喝下去竟是心旷神怡,如蜜一样甘甜,如花一样醇香。几碗下肚,感到腹中饥饿,原来还有健脾消食的作用。从中午12点一直喝到下午3点,离开餐厅时,竟有几个同伴趴在桌上睡着了。我感到有些飘飘然,一时不知身在何处,虽没醉倒,但酒意还是比喝白酒浓得多。

香港人大多不善饮酒,我曾在几次活动中同时与喝白酒的人对白酒,与喝啤酒的人对啤酒,与喝洋酒的人对洋酒。几个人分别醉倒,而我仍然可以上街去选购物美价廉的商品，从没忘给家人带些小礼物。

台湾岛确实有些好酒量的汉子。前几年我去台湾讲学，当地的一个朋友听说我父亲也是行武出身，便邀请了几位黄埔子弟共同喝酒。他们像北京人喝二锅头一样喝台湾的"金门高粱"，这种酒度数高达60度，一点儿不比二锅头软。台湾的青年大多都当过兵，喝起酒来干净利落。我一向以酒风正而闻名，先跟着喝了十几杯，然后反客为主，端起杯来，一一敬酒，一圈酒下肚，胃中不由得像火一样燃烧起来。我开始唱北京的民歌："我爷爷小的时候常在这里玩耍，高高的前门仿佛挨着我的家，一蓬艾草几声蛐蛐叫，伴随他度过了那灰色的年华，吃一串冰糖葫芦就是过节，他一日三餐窝头咸菜就着一口大碗茶……"乘着酒兴，我唱得字正腔圆，整个一层饭店都静了下来，继而是一片热烈的掌声，竟把我吓了一跳，邻座的几桌也在鼓掌。一位老者端着酒走过来，操着浓重的河南口音说："小哥，您是从北京来的？歌都唱到我们心里去了，请您赏脸，我陪您喝一杯。"我端过酒杯，一饮而尽，周围又是一片掌声，从此，在台湾的朋友中，我落下了"酒仙"的称号。近年来，由于"出口转内销"的影响，"酒仙"的称号被越叫越响，我也喝得忘乎所以。可自去年起，总觉得有点头晕，查体时已经有轻度的高血压和脂肪肝。人过中年，已没有了青春年少的好时光。"好汉不提当年勇"，宝刀虽然不老，适当的时候也该收起来了。

[三云停下关于喝酒的感慨，把三杯酒端起来一一喝干。

[热菜逐一上齐，众人纷纷抄起筷子，一阵风卷残云，海鲜、蔬菜，已经下去大半，只有红烧肉、狮子头两道硬菜几乎没动。

老 幺　（咳嗽一声，发出叹息）瞧瞧，肉都没人动，这要在 50 年前，放在咱们伙食团，刚上桌一分钟就没了。（端起酒杯）我给大家敬杯酒，刚才听三云说喝酒的事，我心里一下就想到了在兵团的那些日子——我建议咱们回趟兵团，再去看看北安，我在北安还留着一件事。（慢慢喝干一杯酒）

那是咱们到兵团第二年，临近春节放假，我和两个战友相约去北安县洗澡。北安是一师师部，有两条热闹的大街，街上主要是商店、饭馆，还有不少照相馆，其中一条街上有个电影院，另一条街上有个澡堂子。我们在一天内尽情享受着城市的快乐：下饭馆，逛商店，看电影，泡澡堂。

认真洗完澡、照完相，回到北安车站时，除了我身上还有一块钱外，另外两个战友一分钱也没有了。我很不满意，但埋怨他们也没用，只好买了三张站台票混上车，一边在车厢里抽烟，一边忐忑不安地等待查票。当年铁路管理很严，若逃票被抓住，会被当盲流送到劳改农场干活，直到挣够一倍路费才放人。我们想大过年的，兴许不会查票，1小时20分钟很快就能混过去。

两根烟的工夫过去了，查票的还没出现，我们把买的烟、糖、啤酒拿出来，准备慢慢享用。突然，后面的人穿过车厢跑过来，边跑边喊："查票了！"我们收起东西，跟着人群往前跑。没票的有三四十人，半数是知青，还有些卖花生、瓜子的小贩。突然，前面一阵大乱，不少人又跑回来——原来查票是从车厢两头同时开始的。我们干脆坐下，拿出啤酒慢慢喝起来，刚放下酒瓶，乘警已到眼前。

我们仨被推搡着向中间车厢走去。进去时，已有20多人在地上蹲着，我们见旁边有空座位，刚坐下，一个乘警就厉声喝道："站起来，蹲到过道里！"我们相视笑了笑，慢慢站起来。我突然灵机一动，伸手拉了拉身边的战友，迎着乘警走过去。乘警愣了一下，没等他发问，我从包里拿出一盒烟塞在他手上，大声说："我到前边车厢取钱，回来补票！"乘警侧身让开，我赶紧挤过去，快步离开车厢。

走了十几步，回头一看，两个战友竟没跟上来！我急了，但又不敢回去，只好在那边等。这时，离下车时间还有20分钟，查票已经结束，车厢里恢复了安静。我焦急张望，希望他们能出来，但很快明白——他们身上一分钱也没有，不可能出来了。怎么办？

我漫无目的地向前走，脑子飞快转动：身上还有7毛钱，补票显然不够；找人借，没熟人；偷，又不会；唯一的办法就是抢！我不由得头皮一阵发麻。想到他们两人还在地上蹲着，我咬咬牙，从靴子里拔出匕首，放进裤兜，握着刀把，四处寻找目标。

走进一节车厢，昏暗灯光下，我一眼看见最后一个座位上坐着个知青，俊俏的面孔苍白消瘦，一头黑发向后梳着，比我们这些69届的知青略显年长。我见周围没人，径直走到他面前，紧挨着坐下，琢磨着如何开口。他抬起双眼直视我，一双大眼炯炯有神。我干咳一声，试探着问："哥们儿，借点钱行吗？"他愣了一下，嘴角向下一撇，露出一丝不易察觉的微笑："你把手拿出来，把兜里的那个东西也拿出来！"我脸一红，索性连手带匕首一起从兜里拿出来，把匕首拍在小桌上，我们俩对视着。

他沉吟片刻，缓缓说道："我可能打不过你，但会做困兽之斗，而且可以喊，你想怎么办呢？"说实话，我当年还不太懂什么是"困兽之斗"，于是脱口而出："我的两个战友没票，被带走了。我要钱给他们买票。"他马上掏出5块钱，扔在小桌上："你先去把他们弄出来！"一见到钱，我立刻跑向补票室。补完票，车已到二龙山屯，要停车3分钟。我和两个战友下了车，向后跑了两节车厢，才找到他坐的窗口。

我用拳头拼命敲着窗子，他把车窗打开一道缝儿，把匕首递了下来。我接过匕首插在靴子里，大声问："大哥，留个地址吧！我把钱还给你！"

他摆摆手:"不用了!""那你留个名字吧,谢谢你!""别打听了,打听是块病!"——他最后那句话随着汽笛声传入我们耳中。我们呆呆地望着火车远去,手里握着剩下的3块多钱……

事隔多年,我仍然忘不了这个战友。5块钱在当时是我们工资的六分之一,也算笔不小的数目。如今,我也算有点钱了,十个、百个、千个甚至一万个5块都装进过我兜里,但分量都没有那个5块重。我多想把钱还给他,同时道一声谢谢啊!战友,你在哪里?(拿起酒杯,慢慢地)你在哪里呀?

[老幺一饮而尽,大家都随着他把杯中的酒喝完。

二 云 当年一分别就是几十年,现在就是面对面走在街上也认不出来了。我也同意回趟兵团、去趟北安——你们还记得吗?当年张达就押在北安。(斟满一杯酒)

1969年雨水特别大,所有低洼地都成了一片汪洋,道路翻浆,满是泥泞,麦田全泡在水里。这么多年过去了,那连绵的阴雨、宿舍里横七竖八晾着的湿衣服、永远晾不干的湿鞋,成了我脑海里挥之不去的印象。也就是在那泥泞的道路上,我们亲眼看见一个鲜活的生命在面前消逝。

那是我们来到二龙山后20天左右的一个早上，当时我们正三三两两走向连部，准备听完训话后上工。几辆拖拉机"轰隆隆"从后面开来，与我们擦身而过。最后一辆拖拉机的驾驶室里挤着五六个机务排的人，显然他们不愿在泥泞的路上走。开拖拉机的小伙子张达，因座位拥挤，坐在另一个小伙子的腿上，两手扶着驾驶杆。

在我们前面五六米远的地方，正走着一位叫小燕的姑娘。她是上海知青，活泼漂亮，天生一副好嗓子。无论在地里干活，还是在宿舍休息，总能听到她动人的歌声。她还经常到后勤排和机务排向老职工学唱东北民歌，学会后稍加润色，唱出来别具风味，全连人都喜欢她。当拖拉机快开到她身边时，驾驶室里的几个小伙子一起喊："嘿，小燕，唱支歌！"小燕笑着扬手作答。谁知就在那一刻，她竟跌倒，随即被拖拉机的链轨卷了进去！

在众人的惊呼声中，拖拉机停了下来，一股股混着泥浆的鲜血从链轨下喷射而出。我们都吓呆了，有人甚至想伸手抬链轨。还是车上一位老职工眼疾手快,发动机车向后倒退,小燕才露出来——人已被轧扁,身子一半陷进泥里,一半露在外面,血肉模糊,甚至露出了白色的骨头。就这样,小燕成了我们这批知青中第一位牺牲者,消息很快传遍全团。

拖拉机车手张达来自鹤岗,他坐在驾驶室里,一句话也说不出,浑身瑟瑟发抖,一双眼睛求助似的从我们每个人脸上掠过。警通连的人很快赶来,用手铐将他铐走了。

小燕远在上海的父母和妹妹赶到连队,全连女生以一片哭声迎接他们。小燕的尸体已无法整容,但她母亲坚持要看女儿最后一眼,无论如何也不肯相信棺材里装的就是曾经活泼可爱的女儿。我们没办法,只好掀开棺材一角,小燕母亲只看一眼就晕了过去。我们把棺材盖好,抬到离连队四里地的南山安葬,那里是一片白桦林。我们还在坟前立了一块碑,上面写着"小燕烈士之墓"。

就在墓前,我们团召开了第一次公审大会。我们连 500 名知青分两个方阵左右站立,后面是其他连派来的代表。团长宣布授予小燕烈士称号,之后突然厉声叫道:"把犯有破坏知识青年上山下乡运动罪的张达带上来！"五花大绑的张达被持枪的警通连战士从车上推下来。几天不见，他消瘦了许多，眼窝深陷，眼里布满血丝。队伍中有人带头喊起了口号。

见到张达，小燕的父母怒不可遏。他们不顾劝阻，一起扑上去，拳头像雨点般落在张达的头上、肩上。张达先是一愣，随即直挺挺跪了下去，甚至主动将脸迎向小燕父亲抬起的脚。我们眼睁睁看着这一切，惶然不知所措。突然，小燕的妹妹凄厉地叫起来："住手！"她赶上前去挡在张达面前，她父亲的脚踢在了她的身上。口号声再次响起，张达被拖进停在一旁的吉普车里。后来他被兵团军事法庭判处有期徒刑七年。

不知不觉两年过去，张达因在监狱里表现出色，被提前释放。他比以前高了一头，满脸胡茬，回到连队一句话也不说。当天下午，他就直奔南山，拔去小燕坟上的乱草，重新培土，把墓碑擦得干干净净，还焚香烧纸。有人说他在那里坐了一夜。以后每隔几天，他都要去南山一次。

此后每年清明，张达都扛起自己扎的花圈，带着铁锹，到南山祭奠小燕。每次他都在坟上重新培土，小坟也越来越高。不知何时，坟前的墓碑也换了，上面刻着"小燕姐之墓"。

后来，回城风席卷整个兵团，张达也回到了鹤岗。几年后，听说他成了一家公司的经理，每年清明都回二龙山扫墓。

又很多年过去，一位当年的战友从上海来北京办事，顺道看我。几杯白酒下肚后，他突然问我："张达去美国了，前几天带着妻子和女儿回上海。你知道他妻子是谁吗？"我摇摇头。"小燕的妹妹！他们的女儿也叫小燕。"

后来的故事如何发生，我一无所知，但其中的缘由还是能咂摸出一二。小燕如果在天有灵，能原谅张达了吗？

[二云拿起酒瓶，给身边的老张、老幺、三云都倒上酒，又给自己满满地斟了一杯，两眼望着天花板，作沉思状。

[大家看他那样子，有点要发笑，但细看时，只见二云两行眼泪流了出来。杜哥赶紧站起来。

杜　哥　哎，还是干杯吧！你们老说这些沉重的事，我给你们讲一段我的初恋。

（喝干一杯酒）刚到兵团时，我还是个懵懂少年。时光飞逝，转眼我便长成一个结实的小伙子了。

1970年,我到南山放牛时,正值冬雪消融的短暂春季。

南山距离连队四里地,景色优美。我开始放牛时,山上正绿草如茵,谷中百花争艳。每天太阳刚升起,我就把牛群从山上赶到山下;夕阳西下时,再把一群肚子吃得滚圆的牛赶回山上。在夕阳的金色余晖中,总有一群羊与我相遇——那也是我们连队的,由一位扎着两条小辫的姑娘放牧,我叫她"牧羊姑娘"。每天,她总是唱着歌回来,歌声由远而近,又由近而远:"人将毛主席著作比太阳,我说太阳比不上。太阳照得人身暖哟,毛主席著作照得我心里亮堂堂。"我的心似乎也随着她的歌声在草地上飘荡。

开始和姑娘相遇时,她总是向我点头致意,并不说话。我也忙从牛背上跳下来,向她挥手。日子久了,才知道她也是北京知青,父母都是部队医院的医生。后来,我们见面多了,彼此熟悉起来,谈论的话题也越来越广,从北京传来的各种小道消息、连队的人际关系,到小说、诗歌、散文、歌曲等,无所不谈,有时也相互交换书看。我还经常给她带烤熟的土豆、老玉米,这些食品在当时都是极其珍贵的礼物。

北大荒的放牧季节很短。随着第一场暴风雪来临，满山的草仿佛一下子都枯萎了。随后，大雪封山，牧羊姑娘和她的羊群也不再来了。在白雪皑皑的归家路上，只剩下一群牛和孤独的我。日子变得漫长起来。晚上点起油灯，坐在宽敞的土炕上，我和家宝聊着天，心里却想着那位牧羊姑娘。有一天，我突然想给她写信，摊开纸笔，却不知该写什么。好不容易搜肠刮肚，翻来覆去，才写了几句话。没办法，便翻开带来的几本书，摘录与爱情有关的字句。就这样，我有生以来的第一封情书诞生了，我勇敢地把它寄了出去。

日子在焦灼中流逝。一个多月过去了，仍没有回音。隆冬来临，暴风雪越来越大，牛群也越来越难管理。在每日早出晚归的辛劳中，写信的事竟渐渐被淡忘。

1971年春，我被提升为后勤排排长，离开南山回到连队，才再次见到牧羊姑娘。她看上去有些苍白、消瘦，一见我就问："我给你的信怎么没有回复呢？"我很惊讶："什么？你给我回信了？"当得知我真的没有收到她的信时，她才淡淡地说："没收到就算了。一直等不到你的回信，我也就……"原来，她也有如我一般的等待！想起同屋的家宝一直用信纸卷烟抽，难道是他？

后来，回城风席卷整个兵团，牧羊姑娘悄然离去，我也有幸被推荐上了大学。四年后，我从医学院毕业，成了一名医生。

又是几年过去，有一天，我刚走出地铁站，一位女军人迎面走来。四目相对，我们同时停下脚步——竟然是她，那位牧羊姑娘！我一下子反应过来。她告诉我，1976年她参军入伍，现在正在一所军事院校学习。那天，我们在长安街上漫步，共同回忆北大荒的日子，久久不愿分别。我突然想起那封没收到的信，便问她写了些什么。她愣了一下，隔了一会儿才轻声说："没收到就算了，我给你敬个礼代替那封信吧。"说着，她后退一步，行了一个标准的军礼，然后相视而笑。

时光飞逝，又是几年过去。有一天，我刚在区人大会上作了关于卫生工作的发言，一位工作人员上来告诉我，有位记者想采访。我走出会场，谁知迎上来的竟然又是她——牧羊姑娘！

原来，她已在年前转业，考入某大报社做记者，现在已经小有名气了。

从初遇到如今，这么多年过去。人世沧桑，岁月无情，可在我的眼里、心里，她仍然是当初那位芳草地上的牧羊姑娘。我们一直谈到大厅内空无一人时才分手，她还告诉我，会将稿子寄给我。一周后，果然，我的办公桌上静静地躺着一封信。是那封迟来的信吗？我不禁痴痴地想。以后，我还会遇见她吗？可不可以再问她一次，那次的回信到底写了些什么？

[杜哥闭口沉默，两眼凝视在座的两位女士。

[大家脸上都带着笑容，小丽和小常也笑得很灿烂。

小　丽　这是你的初恋，牧羊姑娘是你后来的爱人吗？

杜　哥　（笑容消失）不是！她的名字叫王微，《北京日报》的编辑，五年前已经死了。

[小丽、小常发出"啊"的一声惊叹。

杜　哥　我参加了她的追悼会，咱们兵团的不少人都去了，看见她的遗体和清瘦的面容，我特想嚎啕大哭，可只是掉了几滴眼泪，怎么也嚎不出来——人一老，连哭都没了滋味……

[杜哥给自己倒了两杯酒，一杯洒在面前的空盘里，另一杯一饮而尽。

[大家都陪着又喝了一杯。

小　常　别这么沉重了,我给大家讲一件轻松点儿的事吧。你们知道我在连队是卫生员,咱那地方的人应该说都挺健康的:十冬腊月小孩儿穿着开裆裤,没一个得感冒的;从小孩儿到老人都喝生水,却从不闹肚子;身上、手上有伤口了,随便抓一把黄土按上,也不会得破伤风;知青和当地小孩儿经常被狗咬伤,也没听说谁得过狂犬病。但当地水质不好,不少人得了大骨节病,轻者走路姿势难看、行动迟缓,重者甚至卧床不起。让我立志从医的,是我遇到过的两个中风病例。

在连队当卫生员之前,我和其他一些知青都跟大车。在东北,跟车是个相对轻松的活,卸了车就在马号待着,因此和车老板接触较多。当地人无论男女老少,全都喝酒,有菜没菜每天晚上都要喝上几两。据说当地有句玩笑话:"木匠的斧子,瓦匠的刀,跑腿儿的行李,大姑娘的腰。"行李是单身汉最重要的财富,里面常常裹着装有老白干的军用水壶。每天晚上,他们就靠在自己的行李上,一边喝酒,一边天南地北地胡侃。整个马号里弥漫着烟味、酒味和汗味。许多男女知青也来凑热闹，大家一起喝酒，实在没有菜时，就把喂马的豆饼掰下一两块来下酒。等大家散后，他们才打开行李蒙头睡觉。

有一天早晨，车老板们醒来后发现一个叫老王头的居然还没起床。老王头负责喂马，每天夜里都会起来几次查看马的情况，清晨很早又会给马饮水，从来没有睡懒觉的时候。等其他人都起来了，他还是没动。我们察觉不对，探头一看，只见他红光满面，一只眼睁着，一只眼闭着，嘴歪向一边，还一口一口地向外吹气。"中风了！"一位有经验的车老板说道。"怎么办？"我吓得有点儿想哭，一边用力扶起老王头，想送往连队卫生室。"放下别动！"车老板吩咐我，"千万不能动，赶快到酒房拉一车热酒糟来，注意别凉了！"我上炕拖起老王头的被子，赶紧跑出门，套上马车，直奔酒房而去。

我们连的酒房每天出两锅酒，早上正好是出酒糟的时候。我装好一车酒糟，用被子盖上，赶紧拉回马号。大家七手八脚地扒光了老王头的衣服，然后将他连人带褥子放到酒糟上，再在上面盖上一床被子。"这行吗？"我问车老板。"没问题！"车老板很有信心地说，"咱这地方治中风就这办法，命硬的就能闯过来。"

20多分钟后,躺在酒糟上的老王头开始动弹,还睁开眼睛说口渴。我赶紧舀了一瓢水递上去,送到唇边,老王头喝了几口就又躺着不动了。又约摸过了一小时,老王头再次醒过来,嘴好像不那么歪了,说话也比刚才清楚了一点儿。他要求下来,所有人都伸手按住他,让他继续躺在冒着热气的酒糟上面。

到吃午饭的时候,老王头实在受不住了,开始骂人,要下来。这时,车老板才让我帮他穿上衣服,放他下来。刚下来时,老王头还站不住,过了一会儿,终于能一瘸一拐地慢慢走路了。大家松了一口气,车老板也开始夸耀自己的机智和勇敢,大伙儿都非常佩服他,我也佩服得五体投地。

过了些天,车老板们又聚在一起喝酒,马号里非常热闹,大家再次对治好老王头的车老板大加赞赏。他更是眉飞色舞,一不留神就多喝了几杯。第二天早上醒来,我们发现他也口眼歪斜,症状和老王头之前的一样。"不好,中风了!"不等人吩咐,我马上抱起棉被,赶上马车,又去酒房拉回一车热气腾腾的酒糟来。我们如法炮制,将车老板也放到酒糟上，然后盖好棉被，耐心等待奇迹的再一次出现。谁知不到半小时，酒糟上的车老板突然手脚乱动，将棉被掀下地来。我们赶紧把棉被给他重新盖好，死死按住四角，连一只手都还不太灵活的老王头也上来帮忙。又是一阵乱踢乱蹬之后，车老板安静下来。过了一会儿，我们揭开棉被查看动静：他嘴里已经流出很多口水和白沫，显然已经死了！大伙儿连忙把车老板从车上搬下来，酒糟还是热的。

时隔多年，当我成为一名真正的医生，治疗过许多中风病人后，才明白其中的缘由。原来中风分出血性和缺血性两类，酒糟疗法对缺血性病人也许能有点效果，但对出血性病人是致命的。当然，北京绝对不会有任何一家医院使用这种方法治中风。不知在我那遥远的故乡，现在是否还有人在用。

我现在给学生讲课时，偶尔会提到酒糟疗法，每次都引起哄堂大笑，但我的心却在流血："实在对不起了，车老板！"

[小常讲完后站起来给每人倒上一杯酒，告诉大家这已是第四瓶白酒了。之后回到座位。

小　　常　（对着小丽）你也给大家讲点故事吧？

小　丽　（点点头，站起来）既然想讲点轻松的事，我就讲讲样板戏吧。你们还记得那些样板戏吗？反正我是永远忘不了，偶尔唱上一句，后面的戏词不用想，就会源源不断地跟出来。平心而论，样板戏的台词、唱腔、武打无不具有相当水平——要不为何时至今日，它们还在各种场合亮相？

我们黑龙江生产建设兵团曾经把八个样板戏都唱遍了，有一个农场的上海知青甚至排出了整出的芭蕾舞剧《白毛女》，令当地老乡大开眼界。《沙家浜》《红灯记》《智取威虎山》更是普及到了各团。"大唱特唱革命样板戏，大学特学革命接班人"的口号喊得特别响亮。

1971年秋收后，我们连长也豪情万丈，决定排一出样板戏，在全团"放一颗卫星"。连里讨论时，《白毛女》《红色娘子军》先被排除，接着《海港》《奇袭白虎团》《龙江颂》也被否决，最后从剩下的三个戏里敲定了《智取威虎山》。连长给自己选了个中意的角色——常宝他爹，这个角色台词不多、难度不大，在戏里辈分还挺高。那时秋收已结束，除了麦场上的活儿，其他事务不多，于是戏就这么开排了。

我12岁开始学小提琴，先拉《开赛尔》《霍曼》等练习曲，一年后开始拉自己喜欢的《新疆之春》《山丹丹开花红艳艳》等曲目，经常得到小伙伴们的掌声。

我把小提琴带到了兵团，但几乎没打开过琴盒，这回普及样板戏，它却派上了用场。连里会民乐的人太少，无奈之下，手风琴、小提琴等西洋乐器也被加进了乐队。为了少出工，我高兴地加入乐队，和另一个拉小提琴的同学一起混在拉二胡的人中间，认真地为样板戏伴奏。

我们在麦场的大仓库里苦练了一个多月，到新年时，终于在全连面前亮相了。二龙山这地方，只要有电影或戏，不管演多少遍，全屯人都会倾巢出动。

当天晚上，连里杀猪宰羊，好好会餐了一顿。连长甚至画好戏妆上台敬酒，博得大家一片掌声。

晚上7点，大幕拉开，《解放军进行曲》在京戏的锣鼓点中奏响，全场气氛热烈起来。接着，演出正式开始，演员们一个个出现在舞台上，台下发出欢呼声，人们喊着那一个个熟悉的名字，口哨声、掌声此起彼伏。

演少剑波的知青，唱得字正腔圆，现已成为国家级某杂志社副主编；演座山雕的北京知青，动作惟妙惟肖，如今已是一位真正的艺术家，远渡重洋去了美国；演杨子荣的天津知青出生于武术世家，在舞台动作中加了不少大成拳的拳法，更是博得阵阵掌声。到演奏《打虎上山》序曲时，我们两把小提琴整齐地奏出一串串京剧曲牌。在京戏伴奏中，突然出现一小段小提琴演奏，犹如沙漠中出现一道清泉，又如浓浓夜色中划破天空的流星，台下顿时响起欢呼声。指挥怕音量小影响效果，亲自将扩音器举到我们面前。直到演员唱出"穿林海，跨雪原，气冲霄汉"时，我们的小提琴演奏才结束。

现场气氛越来越热烈，我们的首场演出获得了巨大成功。

接下来，我们还到兄弟连队、解放军驻地、附近农场和县城去演出，几乎成了专职演员。后来，为了演出需要，我们又编排了独唱、合唱、舞蹈、小提琴独奏等小节目。功夫不负有心人，我从12岁开始学习的小提琴，终于派上了用场。

年轻人几个月不劳动，又长期待在一起，渐渐地剧组中开始出现成双成对的。连长大为恼火，不断召开各种批判会。演员们挨批后，在演出中神思恍惚，有一次甚至闹出一个笑话。

按照剧情，在杨子荣献联络图之前，座山雕要表演枪法，抬手一枪打灭一盏油灯，而后杨子荣也一甩手，打灭两盏油灯。谁知一天晚上演出前，演常宝和座山雕的两位演员因为谈恋爱，被连长叫去痛骂了一顿。等到演出时，座山雕打枪了，可后台扳电闸的常宝却在神思恍惚中误扳了两个闸，结果两盏灯同时灭了，把座山雕和杨子荣吓了一跳。杨子荣在台上走了一圈，扣动扳机，"叭"的一声，全场的灯都灭了。这时，八大金刚赶紧喊了一声："好枪法！把电线都掐断了！"惹得全场哄堂大笑。这个笑话后来还成为中央电视台春节联欢晚会的一个素材。

不久，剧组解散了，我们各自回到班排，演出生涯也成为一段记忆。和之前不同的是，我开始在劳动之余拉拉小提琴，偶尔也去找另外那个小提琴手交流一下。离开兵团上大学时，我和他交换了小提琴，成为一段永远的记忆。

[没等小丽说完，全桌人哄堂大笑，笑声中小丽破天荒地喝下一杯白酒，脸红红的，眼里似乎蒙上一层雾，目视前方，

不知是否想起了那位小提琴手。

大　林　（站起来）我敬两位女士，你们总是给我们带来快乐，感谢你们每次都参加聚会，让我们时时感到温暖。俗话说："男女搭配，干活不累。"可惜在兵团的时候，和你们说话的机会都没有。不知道你们信不信，我在兵团四五年没和女生说过一句话，现在想起来真是"人脑进水"了。那些年，心里想的和嘴上说的不一样，嘴上说的和实际做的又不一样。我也给你们说件心里最想讲的事，算不上故事，因为它是真事。几十年了，我都没忘，想忘也忘不了。你们还记得东北的大烟炮吗？还记得零下40度那种严寒的感觉吗？我曾经有一次冒着零下40度的严寒、顶着大烟炮走夜路，那感觉让我40多年都忘不了。后来无论我走到哪儿，无论在中国还是美国，碰上多大的困难，只要想起那场暴风雪，我就会一笑置之。

1970年冬天，我们家来了一封电报，说母亲病重，非常想念我，让我请假回家，还随电报寄来了住院证明。母亲是1945年参加革命的，性格非常坚强，我知道如果不是病得很重，她是不会发电报叫我回去的。我心急如焚地赶到连长家，也不管他正在喝酒,就直接把电报递给他。看到我的电报,连长慢慢推开酒瓶,先是用狡黠的目光上下打量我,然后才"嘿嘿"两声,说道:"我这儿还有一些电报。"并随手从炕席底下抽出十几张电报递给我,上面全写着"病危""病重"之类的字样。我愣在那儿,连长却哈哈大笑,说道:"心情可以理解,但是假不能批!"我呆呆地站了一会儿,然后一跺脚转身回了宿舍。我把冲锋枪、子弹、手榴弹全都交给排长,撒谎说我在七连的二哥身体不好,要去探望一下。然后,我叫来班里的两位知青,告诉他们:"我母亲病了,连长不给批假,我要逃跑回家。"我们班一共三人,都来自北京,我任班长,他们一个家在城里,一个家在通县。听了我的话,他们先是吃了一惊,然后马上表示替我保密。家住通县的那位知青还问我,可否带上他的一位上海朋友一起逃跑,我犹豫了一下,还是答应了。

第二天凌晨3点,我就起了床,只背上一个书包,包里装着一壶水、几个馒头,还有刚发的工资32元钱。我在宿舍外面等了20分钟,班里的那位知青才陪着一位上海女知青走过来。她身上背着书包,左右手还各提着一个包,分别装着衣服和几十斤黄豆。来不及说什么，我就和她一起上路了。从我们连到团部火车站有40多里山路，平常走路就要三个多小时，现在冰天雪地，走起来就更加艰难了。我们必须趁天亮之前赶到火车站，否则就可能被抓回去。我大步走在前面，上海知青在后面跟着。还没走出2里地，她就跟不上了。我回过头，接过她装黄豆的手提包扛在肩上，又开始上路。没想到还没走出10里地，她又跟不上了，我只好劝她："你回去吧，这么走，一会儿都得被人抓回去。"谁知她却哭着说："我一个人也不敢回呀！"我心软了，只好将她的两个手提包用手绢系起来，搭在肩上，然后又把她的书包接过来，和我的书包一起斜背在背上，继续上路。我们的速度慢了下来，还没走到路程的一半，我就浑身大汗淋漓。这时，太阳也升起来了。

不久，我突然听到背后传来急促的马蹄声。不一会儿，十几匹马一字排开，挡在我们面前，带队的是指导员。他们跳下马来，指导员用天津话厉声喝道："要革命你就回去，不革命你就滚蛋！"我把手提包、书包摔在雪地上，用更大的声音吼道："我要革命，也要回家！"我一把推开他们，向山下跑去，但不一会儿，就被几个人紧紧抓住，挣脱不开。就这样，早上7点多时我被押回连队，9点多时又被送回宿舍。在全排人复杂的目光下，我狠狠地瞪着班里那位知青，心想：要不是带着他的朋友，我现在兴许已经在火车上了。

连里宣布，晚上吃完饭后，全连集合开大会，让我做检查。我回到宿舍，连鞋都没脱，就直挺挺地躺在炕上，脑子里却盘算着：每天上午9点有一趟从团部开往哈尔滨的火车，晚上7点有一趟相反方向的火车，从哈尔滨开往龙镇，也路过团部。我可以乘晚上的火车先离开二龙山屯，再转车返回哈尔滨，然后回北京。

吃完午饭，我趁大家睡午觉，一个人悄悄离开连队，连书包也没拿。沿着山间小路，我快速地走着。两个小时后，风越刮越大，天上也下起了鹅毛大雪。我平生第一次发现，下午3点的东北山区，竟然变得如此昏暗迷离。不到4点，天就完全黑了下来。雪地里出奇地冷，我不断用手搓着脸和鼻子。风雪太大，看不见路，也辨不清方向，好几次我都走进了沟里。也不知走了多久，黑暗中背后传来马达声。我赶紧离开马路，远远地趴在齐腰深的雪里。不一会儿，两辆载满人的胶轮拖拉机慢慢开过来了，许多人在喊我的名字，每隔几分钟，还有人向天上放几枪。我把头深深地埋进雪里，等车走远了，我又爬上马路，顺着雪地上轧出的车辙，向前走去。

到离团部五六里地时，那两辆拖拉机又返回来了。我又赶紧离开路面，躲在树后，等车走远了，才再次向车站走去。晚上7点，我终于坐上了开往龙镇的火车，两只耳朵和脸部都被冻伤，在温暖的车厢里直向下淌黄水。

回到北京，坐在公共汽车上经过天安门，看见久违的广场时，那漫天飞舞的大雪，那呼啸的北风，和追我的那群人的面孔，不知怎的都浮现在我的眼前。

后来我才知道，当我再次离开连队后，连长就接到了报告，又从天气预报中得知当天有暴风雪，就亲自带了十几个人开车来追，怕我迷路而被冻死。

多少年了，一想起那暴风雪，我就会想起那零下40度的严寒、喊着我名字的人们，以及那划破夜空的枪声。

["当"的一声，孟渝的杯子落在桌上，大家的目光都朝他望去。

孟　渝　（脸红红的，缓缓站起来，把手在空中挥了挥，嗓音洪亮）同志们，真没想到你们的故事让我很受教育，很激动。

老　张　你小声点，别跟在全团官兵面前作报告似的。

孟　渝　（摸摸后脑勺，嘿嘿笑了笑）是！我小声点。我要首先向你们表示敬意，给大家敬个礼！

[他整理了一下风纪扣，"啪"的一声立正敬礼。

孟　渝　我只在兵团待了不到一年，回家后就当兵了，从新兵连到野战部队，从山东到四川，从战士一直干到团长，参加了真正的战斗，经历了比兵团还复杂的人际关系。但我从来没忘记过兵团，从来没忘记过我曾经是个知青。军人是国家的脊梁，但我更爱听那句话——"知青是共和国长子"。我们这一代人经历了太多的风雨：从新中国成立、抗美援朝到三反五反，从大跃进到人民公社，直到我们上山下乡；我们赶上了独生子女政策，赶上了下岗下海，当然也迎来了改革开放。环境好了，有机遇了，可也到了我们退出历史舞台的时候。可从你们身上我看到了激情与责任、奋斗与自强，你们从不怨天尤人，从不抱怨命运，而是自始至终热爱祖国，保持着纯真与善良。我们这些人，无论在中央机关还是下海经商，无论是腰缠万贯还是身无分文，大家相处得都像兄弟一样。有时候几个月不见面，甚至几年不见面，一见面就亲热得不得了。我参加过咱们连30年、40年的聚会，大家一见面就紧紧抱在一起，一边流泪，一边互相叫着外号、互相叫骂，这时候，似乎连骂人都成了最亲切的问候。咱们在座的都是60多岁的人了，但仍然能大碗喝白酒，真是少见。我在部队喝白酒全团无敌手，全团连以上干部开会，12桌我能挨桌敬下去，一桌一杯，杯杯见底，到最后一桌，我个人正好喝了一瓶。但在这桌上我不敢吹牛，知青里大多数人善良而豪放，一喝酒就玩命，我也不忍心和他们比酒。他们经历了这么多磨难——上小学时遇到饥荒，上中学时上山下乡，该上大学的年龄却在田野里劳动，好容易回到城里结婚，又赶上独生子女政策，年龄刚过半百，又轮到下岗——可聚会的时候，他们从来不提困难，我相信这是从暴风雪中锻炼出来的，是从艰难困苦中闯荡出来的。

上次聚会，和我一桌的有个叫大驴的战友，喝完一碗酒后对我说:"我不像你能带兵打仗,我是个出租车司机,没机会上战场。但我敢说,如果打菲律宾,我捐一个月工资;如果打越南,我捐一年工资;如果打日本,我他妈要把命捐出去!"虽然是酒话,但我真信。和我们当兵的一样,咱们兵团的知青都是硬汉。别的我不多说,按我们部队的喝法,我敬9杯,你们每人喝一杯,向同志们学习!向同志们致敬!

[孟渝抬起头,又恢复了他嘹亮的大嗓门,深吸一口气,大声唱起歌——

  向前,向前,向前!我们的队伍向太阳,脚踏着祖国的大地,背负着民族的希望,我们是一支不可战胜的力量……

[所有人都站起来,齐声唱着,开始时参差不齐,后来变成雄壮的合唱。

[音乐起,灯光亮。

[剧　终]

她管我叫"大叔",不知是出于习惯,还是北大荒的风霜真的使我显得老相,让我心中某个地方感觉隐隐作痛。

我抓起一棵葱蘸着酱和韭菜花下酒,不知为什么有了一种家的感觉。我又一口把碗里的酒喝干,中年妇女问我要不要大碗。"当然!"我脱了外套,又脱鞋上炕,一瞬间觉得小酒馆成了全世界最温暖最可靠的地方。

闻着韭菜花的清香味,只觉得比北京饭店的菜肴还要香得多。冬天的葱虽然有些上冻,但又辣又甜,比北京烤鸭店里的山东大葱还要香。

伴着女孩低低的歌唱声,不知什么时候我睡着了,没有我设想的那么浪漫,也没有我担心的尴尬。

暴风雪中的小酒馆

北大荒的8月是盛夏时节，蓝天白云下，大片金黄的麦田、玉米地如海洋般延伸向远方，北大荒人又迎来一个丰收季。地处黑河地区的二龙山国营农场迎来了特殊访客：中国作家协会会员、中国盲协前常务副主席滕伟民，河南省盲协主席田超，河北省盲协主席常东亮，吉林省盲协主席王琦一行，在海漫盲人托养中心院长张俞的陪同下，于2024年8月18日踏上这片曾见证知青垦荒历史的黑土地。

滕伟民是1969年从北京奔赴二龙山的知青，彼时这里的全称为"沈阳军区黑龙江生产建设兵团一师六团"，滕伟民抱着坚定的信念，毅然离开北京来到边疆。他和他那一代人都有着为国家、为民族奉献青春的信念。于是数万知青在这片土地上开始了他们屯垦戍边的生活，那个如火如荼的年代持续了十年，确切地讲是从1969年到1979年。后来，来自北京的知青们大都回到了北京，这十年，深刻地改变了一代人的命运。像滕伟民这样的北京1969届中学生，是其中很特殊的一群人，他们历经共和国那段特殊的历史时期。50多年过去了，特殊的集体记忆使他们仍能在每年8月聚会，把酒言欢，笑谈逝去的岁月。只要战友们坐在一起，不管各自是什么身份、什么职业，大家围坐畅谈的平等氛围始终未变。

滕伟民作为他们中的一员，有着更为特殊的经历。他于1969年抵达黑龙江生产建设兵团一师六团后，在持枪连队当过战士，在山里放过牛，在大兴安岭伐过木，1973年被推荐上了大学，1976年成为一名医生；几年之后，罹患眼疾失明，自此开启了一条迥异于战友的人生道路。或许正是那四年间北大荒风雪交加、寒彻筋骨的磨砺，使他最终能直面失明带来的无尽苦痛，坦然迎接新生。多数战友忆及北大荒岁月皆谓艰辛困顿，但对历经更大创痛的滕伟民而言，那些冰封记忆竟发酵出幸福与浪漫的醇香。世事感知本就因境遇殊异而千差万别，然生活本身却是具象的存在——它不因任何人的看法而改变，始终鲜活如初。滕伟民在55年后决定重返北大荒，他和几个伙伴在8月18日这天踏上了"回乡"之路。

三个伙伴其中之一是河南省盲协主席田超，他读中学时因视网膜色素变性失明，学习成绩优异的他，大学梦就此破灭，因此进入河南省盲人按摩学校。学校坐落在洛阳白马寺附近，每逢周末黄昏，田超都带着一副象棋走进白马寺，寺里几位僧人都成了他的棋友。僧人们叹服田超棋艺精湛，又同情其坎坷际遇，便把那些向善的道理在棋艺交流之余教给了田超。此后40年间，田超先后创立盲人按摩学校并任校长，创办集医疗按摩与餐饮服务于一体的酒店并担任总经理，参与河南省盲协工作十五载。他推动河南盲人按摩事业迅速发展，上海、广东、江苏、浙江等地都出现了河南籍盲人按摩师的身影。

河北省盲协主席常东亮毕业于长春大学中医推拿专业，毕业后不久就接替省盲协原主席孙增耀，成为当时全国最年轻的省级盲协主席。他始终秉持"教育促就业"理念，认定这是改善盲人群体的根本途径。经过20多年的努力，河北盲人按摩从业者数量激增，与排名首位的河南省差距极小。仅在北京地区，河北籍盲人按摩师就已超过8000人，成为北京盲人按摩行业的主力军。常东亮还特别重视盲人的文化扫盲工作。由于种种原因，燕赵大地的盲人群体成年之前没有接受多少教育，他们既不认识几个汉字，也不懂盲文。经过五年努力，在常东亮的组织和推动下，全省累计有5000多名盲人接受了盲文学习和定向行走训练，其中90%以上的人还接受了盲人按摩培训，并得以走出农村走向城市。他们的按摩收入不仅能养家糊口，还能建立幸福的家庭。常东亮同样罹患视网膜色素变性，或许是共同致力于推动按摩事业的缘故，滕伟民、田超、常东亮三人有了更多的共同语言。当滕伟民提出重返北大荒的建议时，另外两人欣然答应同行。

吉林省盲协主席王琦是在作战中失明的，失明后仍在部队医院继续军旅生涯，最终选择投身盲人按摩事业。几十年来，他用那双持过钢枪的手继续为官兵服务，得到了众多称赞。他退休时已是正师级专家。担任省盲协主席后，王琦始终铭记部队首长的嘱托。他向滕伟民讲述："在我负伤第二年，我躺在解放军总医院（301医院）眼科病房里。快过年了，听着外面的鞭炮声，我很想家。在我情绪最低落时，总政歌舞团的艺术家们来为我们这些负伤的战士演出。我坐在床沿，脸朝向他们唱歌的方向，别人是看演出，只有我是听演出。维吾尔族男高音歌唱家克里木走到我面前，先是定定地看着我的眼睛，然后用手拍拍我的肩膀，用略显生硬的汉语问：'小同志，你多大了？'我赶紧跳下床，敬礼报告'17岁'，克里木随即转身，对伴奏的人说：'我要为他再唱一支歌。'接着，另一位艺术家也加唱了一支歌。我们这些负伤的战士深受鼓舞。"

8月18日中午，一辆汽车驶入黑龙江生产建设兵团一师六团旧址，迎候在路边的农场场长一行人上前迎接。双方虽素未谋面，但热烈轻松的气氛很快拉近了彼此的距离。

知青曾为这里的建设立下过汗马功劳，更何况还有的知青已长眠在这块土地上。现在这里早已更名为黑龙江省农垦总局二龙山农场，农场现有职工和家属约2万人，34万亩耕地已实现全机械化作业。场长了解到滕伟民原属一营七连，特意寻来该连队任职十年的哈尔滨籍老副连长，大家见面激动不已。

午宴过后，在场长的陪同下，大家从场部驱车直达一营七连旧址。从七连到一营营部有12里，从一营营部到场部有32里，过去靠走路往返要一天的时间，从清晨到黄昏，这条路知青们不知走了多少次，现在开车只需要半个小时。过去的建筑现在只剩下一座大型仓库，仓库的前面是一片麦场，当年收割的粮食都要经过这里送到团部或存到仓库。仓库的墙壁是由大块条石垒砌的，在阳光的照耀下显得斑驳和沧桑。仓库后面500米是过去的连部和十几栋知青宿舍，现已是一片荒草，蒿草长了半人多高，宛如一片青纱帐。老副连长引着滕伟民踏入荒草丛中，滕伟民问："过去的宿舍一间都没了？"老副连长回答："早没了，十几年前就迁到团部了。"

"过去那口老井呢？"

"早塌了。"

"看井的老丁呢？"

"走了。"

"我记得水房旁边有一座石碑,还在吗?"

"那碑应该还在。"

老副连长努力辨认着方向,踩着荒草终于找到那块石碑。场长叫人找来镰刀把周围的荒草割掉,一块完整的石碑展现在人们眼前,只见上面刻着三个大字:旭日屯。下面刻着几行小字:1935年日本开拓团在此开荒建屯;1945年由抗日政权接收;1950年建立国营农场;1968年组建沈阳军区黑龙江生产建设兵团,先后有来自北京、上海、哈尔滨的388名知青在此组建一营七连。老副连长和滕伟民抚摸着石碑,都说不出话来。多少时光已经逝去,但头上仍然是那温暖的阳光,地上仍然长满蒿草,连那带有苦味的清香都别无一致。往事清晰得仿佛昨天刚发生一样。55年虽然漫长,但在历史的长河中,55年就像闪电一样一瞬而过。滕伟民想起很多往事,不知不觉间两行热泪流过面颊。他自从1969年踏上这块土地,只在1999年回来过一次,人到中年,真的十分怀念这块黑土地。距上次回访已过去25年,自己又回到了这里,往事一幕幕浮现在脑海中。他想起1999年回来时曾写过一些回忆性的文字,就是下面要展示的内容。如今多少足迹都已湮没,但留在心中的记忆永远是清晰的,清晰得不忍忘记,清晰得刻骨铭心……

一　回故乡的路

> 在那遥远的地方，
> 那里云雾飘荡，
> 微风轻轻吹来，
> 掀起一片麦浪。
> 在遥远的地方，
> 在草原的小丘旁，
> 你同从前一样，
> 日夜怀念着我。
> 你在每日每夜里，
> 永远不断地盼望，
> 盼望远方友人，
> 寄来珍贵的信息。

坐在北去的列车上，我反复低声唱着这支歌。这是一支俄罗斯民歌，我努力想找回 30 年前唱它的感觉，可不知为什么，再也找不到那种亲切、惆怅、优美而遥远的感觉。于是我摇摇头，放弃了这种努力。30 年了，想起来是那么遥远，谈起来却又那么清晰，多少次在酒醉后的梦中，它恍如隔世，被自己的喊声惊醒，点燃一支香烟又分明是那熟悉的热炕头的感觉。只有自己亲身经历了，30年后才知道这漫长的岁月，不过是弹指一挥间。记忆中最深刻的东西不会随时间流逝而褪色，时间越久它们反而越清晰璀璨。

为了还一个愿，也为了圆一个中年人的梦，我和五位战友一起踏上了回北大荒的路。我们选择的是30年前离开北京的同一日启程，无法做到的是起点不在永定门火车站而是北京站。那天是1999年8月18日。火车有节奏地晃动着，随着汽笛的声声长鸣，北京远远地被抛在身后。我努力寻找着过去探亲结束返回兵团时的心情，那时内心往往感到沉重而沮丧。曾经有一位叫克冬的战友，送给我一首离别诗，最能说明当时的心情：金风又送我，长安雨如泪。仰天大笑与君别，更知山盟贵。山海关外路，此去何时归，声声汽笛声声慢，惆怅伴君睡。

那正是十六七岁的年龄，每每在北京度过一段时间，算计着不得不动身回兵团时，我总是失魂落魄地在长安街上闲逛。偶尔进电影院看一场不知放映了多少遍的电影，然后到街上去买水果糖、奶油糖，买有过滤嘴或没过滤嘴的香烟，带过滤嘴的烟要送给连长、指导员，不带过滤嘴的留给自己和朋友们。只有想到那些为我和礼物而特别惊喜的战友们，我的心头才会感到些许慰藉。此时坐在火车上，我嘴边又露出一丝笑容。几个朋友就在身边，还有另外几个伙伴长眠在了黑土地。听说兵团修了一座知青烈士陵园，专门纪念那些为开垦黑土地而牺牲的战友。我们几人都没说话，彼此从目光中交流着自己的心事。火车越开越快，车轮有节奏地发出轰鸣声。就在此时，车厢里响起了音乐，有人在击掌和歌。怎么，难道我的耳朵出了毛病？分明是有人唱着我脑海里正想着的那支歌：

听吧，战斗的号角发出警报，
穿好军装，拿起武器。
青年团员们集合起来，
踏上征途，万众一心，保卫国家。

30年前，我涨红着脸，用尽全力唱着这支苏联卫国战争时期的歌曲。"你们就是唱着这支苏联歌曲一路向北，去准备和苏联人打仗的……"过了些年，我的一个战友这样说。

还记得当年到达二龙山屯的时候，是一个落着小雨的清晨。虽然是盛夏时节，身子裹在军用雨衣里还是觉得冷。知青专列停在站上，首先映入眼帘的是铁路两边无尽的荒草和远处雾蒙蒙的山，几个持枪的哨兵一脸淡漠地站在月台上。几千人乱哄哄地站在雨中，不少人没有任何雨具，许多人在泥泞中踩掉了鞋,发出声声惊叫……我深吸一口带着明显凉意的清晨的空气。8月18日北京尚且烈日炎炎,而这里已是一片秋色。一阵晨风吹过,细雨洒在脸上,冰凉冰凉的,我不由得一阵战栗。迎面走来一个身材不高的中年人,他戴着一顶压舌帽,双目炯炯有神。"是一营七连的吗?""是啊。"我点点头。他伸出一只大手,我连忙从裤兜里抽出右手,于是我的右手突然感到一阵疼痛,像被铁钳夹住一样,我甚至听见手掌的骨节"嘎叭"响了一声。看见我咧嘴忍痛,中年人笑了,他指着旁边一辆卡车的驾驶室:"上车吧!"我赶紧登上驾驶室,里面温暖而舒适。其他知青纷纷爬上卡车车厢。那中年人随即在我右边坐下,关上车门。"哎!"我指指左边的司机座位问他:"您是不是应该坐这儿啊?"他又发出一串响亮的笑声:"我是一营营长郑奎山,送你们去七连。"他是我见到的第一个二龙山人。左边的车门开了,司机上了车,长鸣一声,卡车便冲开清晨的雨雾,扑向一条笔直向北的砂石路。小雨一直没停,我低声哼起一支歌:"有位年轻的姑娘送战士去打仗,他们黑夜里告别。在那台阶前,透过淡淡的薄雾,青年看得见,在那姑娘的窗前,还闪亮着灯光。"我注意到路两边都是半人高的蒿草,草叶上挂满了雨滴。

也许是为了配合气氛,这次我们乘坐的火车一过北安,空中便开始落雨。停在二龙山屯车站的时候,时针指向下午6点,站台上很多人冒雨站着,抬头向火车上张望。当我们六人走上站台时,立刻被人群包围起来。原来,在离开北京时,我们打电话通知给农场党委,但并未细说我们原来在哪个连队。于是党委通知下去,所有接收过知青的连队都派人来接。因此,许多声音喊着:"你们是哪个连的?"我们高声回答:"三连。""七连。""工副连。""修理厂!"四周马上响起一片欢呼声,继而是一阵失望的叹息。接到人的连队代表立刻兴奋地拨开人群,上来和我们握手:"欢迎!欢迎!欢迎你们回家!"这句话足以让我们热血沸腾。为了向所有迎接者表示感谢,我们站成一排,深深地鞠躬下去。所有人都在鼓掌,继而大家跳上不同的车辆,由三连、七连、工副连、修理厂的四辆车开道,后面跟了20多辆车,所有人一起来到农场。

场部招待所早已摆好饭菜,我们六人被分别安排在六张餐桌。仔细看过去,没有一张熟悉的面孔,他们都是各队的队长,多为二三十岁的青年。昔日的"连"已改制为"队","团"的军事建制也转为农场体系。农场书记与场长逐桌敬酒,喝的仍然是"北大荒"白酒,只不过30年前用碗,现在改成了高脚杯。我们六人不管能不能喝酒,到了这个场合,所有人都开怀畅饮。各队队长喜笑颜开,轮流在席间讲话，谈吐之热情，用词之恰当，远远超过了他们的父辈，竟把我们六人说得掉下泪来。酒不知喝了多少巡，菜也不知上了多少道，反正泪流到嘴边都不知不觉地和酒一起咽进肚里。

残席之后竟是一个女服务员敬酒，我们开始还有点儿纳闷，这是什么新节目？女服务员20多岁，身材高挑，但细眉弯眼，长相有点儿像南方姑娘。她高声说："各位知青叔叔，我是知青后代，我父亲原属一营二连上海知青，我母亲是本地人。我父亲当年为离开兵团和我母亲离了婚，回到上海后，年年都写信来。直到十几年前，他重新建立家庭，这才中断了联系。"我的心向下一沉，望着女服务员一句话也说不出来。这姑娘将第一杯酒双手捧给我，我一饮而尽，她也陪着喝了一杯。接着她依次敬下去，敬到老幺面前时，老幺突然喊了一声："换大碗来！"捧着一碗酒，老幺一字一句认真地说："上海那混账东西不配当你爹。如果你愿意，我收你做女儿，有什么事都可以到北京找我。"看着老幺一口喝下那碗酒，这姑娘含泪深鞠一躬："干爹！"满场掌声中，老幺跌坐椅中泪笑交织。

酒一直喝到半夜，我们坐上车，顺山路回到自己的连队，一躺上炕便沉沉睡去。雨还在淅淅沥沥地落着，清晨又刮起了风。可能某扇窗户没有关严，在风中呜呜作响，仿佛远处有人唱着那支忧伤而亲切的歌："前线革命的大家庭，迎接着青年。到处都是同志，到处都是朋友。可是他总也忘不掉，那熟悉的街道。那儿有亲爱的姑娘，和闪亮的灯光。"

1969年在二龙山屯这个小站，我登上卡车驾驶室，和一营营长郑奎山并肩而坐。他有着一双有力的手，是我接触的第一个二龙山人。"我是朝鲜族，比你们早来几年，现在送你们去全营最北的七连。"卡车货厢里挤着30多名同学，男女分堆相拥以御寒风。一个小时后抵达七连，我从驾驶室下来，轻松哼着《灯光》，可我的同学们大多青涕横流。晨雾中，一列弓背负砖的身影从宿舍墙后缓步挪出，看样子要往旁边盖房的工地送砖。他们每个人都低着头，双手背向背后，砖块从尾骨一直摞到后脑，还发出一声声沉重的喘息。我和同学们惊讶地发出一片议论："这是知青还是劳改犯？"过了几天才知道，他们是比我们早来一个月的北京101中学的知青，看到我们来，他们故意装出劳动繁重的样子吓唬我们。

想出这个馊主意的正是老幺。老幺原是101中学的学生，他父亲和我父亲一样搞了大半辈子的日本研究，学术上极有造诣。老幺在兵团干了十年，劳动之余苦修日语，还翻译过很多日语资料，包括书籍。返城后，他本想继承父志，就职中国社科院日本研究所时，却因一次案件牵连入狱，出狱后投身商海。虽然每天驾奔驰出行，但学者梦终成泡影，然而老幺的性情依旧开朗、幽默，而且豪爽。

我原是一营七连的战士，后因劳动表现好、根正苗红而被调入三连持枪连。此行也是先在七连逗留半天后，再依依不舍地踏上去三连的路。七连至三连号称12里，是一条笔直的砂石路，路两旁有排水沟，每隔500米便设沙堆备补。1969年夏秋多雨，路边野草长得齐腰深，草丛中开满了各色花朵。原来的一营营部只有一个小商店，每到周日休息我们总去那里买些日用品，随手再采些草丛里的花儿，回来将花儿插在窗前的啤酒瓶里。刚去的头一个月，窗台上还铺着一个袖章。每次去营部，瓶中的花儿就换一次。直到第一场大雪来临，窗台上结满了冰，袖章、酒瓶、残花一起冻在窗台上，从此无人问津。这条砂石路上，载满了那个年代特有的歌声与记忆。

在七队短暂停留时，我们还遇到一位熟人，确切讲是一位熟人的儿子。他现在是七队队长，叫吕学检，他和本地人长得不太一样，高大魁梧，十分英俊，卷曲的头发看上去很像新疆人。他认真地看着我和老幺、老张，说："我爸也是七连的老人，你们在七连的时候，他也在机务排。"机务排老人我和老幺都认识，尤其是老幺在机务排干了十年，所有老职工他都认识。但此时我和老幺都面面相觑，怎么也想不起有一个姓吕的，吕队长抬手挠了挠后脑勺，有点不好意思地说："他有个外号叫二毛子。""二毛子！"我和老幺惊讶得差点蹦起来。

二毛子当初可是机务排的排长，算是老幺的师傅。老幺拉着年轻的吕队长的手激动地摇着，感慨道："你爸当年对我可好了！"二人还相约将来在北京见面。离开七队后，我们已经走得很远了，吕队长仍在向我们招手告别。

二　那些放牛的日子

当午餐的炊烟升起时，我们的车已经到了三队队部。记得当初从七连徒步走到三连正好要花一个小时，算是比较漫长的路，可如今开车过去，竟然用了不到十分钟。三队队部的会议室里坐满了人，队长站在门口向屋里喊了句什么，屋里人都站了起来，此时我正好踏进门槛。从屋子的几个方向传来一片苍老的声音。他们有的叫着"三云"，有的叫着"排长"，几双手同时伸到我身旁，我赶紧拉起一双双手。队长依次向我介绍着："还能认出他吧？孙广东！"我拉着他满是伤疤的手，孙广东的眼泪滴在我的手背上。"这是费国林！"费国林两手扶着我的肩膀，仔细盯着我的脸，粗重的呼吸直扑上我的前额。他比我高出差不多一个头，原是我们营有名的山东大汉。我在连队时，他是我的车老板。"这是老王头！"他原是帮我喂马的后勤排职工。老王头快乐地拉着我的手，使劲地摇着："排长，想不到你能回来！"接下来的几个都是我在连队的老职工，一共七个人。队长挨个叫着他们的名字和外号："赖犊子、周汉林、瘪茄子、邵慧……"

我拿出事先准备好的十个信封，每个信封装有500元钱。昨天晚上听场部的人说，这三年受灾，这些老职工据说已十个月没发工资了。这次出门带的钱不多，我只能聊表心意了。我把钱送到每个人手里，突然想起我们后勤排原来有8挂大车、10个老板，于是便大声问："佟大哥呢？""已经走了！"几个人参差不齐地回答。"孔老二呢？""也走了！"七个人一起回答。"苏老汉呢？""早就走了！"孙广东又凑上一句："你再不回来，我们也要走了！"我一屁股坐在椅子上，不知该说些什么好。

这时门口有人突然喊了一声："让道儿，家宝来了！"我猛然转过身，一个带着哭腔的、浓重的山东登州口音响起来："三云哪？！"这声音听起来是那么熟悉，字字都撞进我的心怀。

家宝是我在南山放牛时朝夕相处了两年的山东籍老职

工，算起来今年有70多岁了。家宝迈过门槛，也许是走得太急，或者是老眼昏花，脚绊了一下，竟扑通跪倒在地。我心里一阵发热，鼻子一酸，眼泪涌了出来。我大喊一声："家宝！"便直挺挺地跪在他面前。这回老家宝是真的哭了，他一把将我拥进怀里："真是你呀三云！不曾想死以前还能见到你。"家宝两只大手在我头上、脸上抚摸着："头发这么软了，那会儿你的头发一根根像刺一样立着。"我把家宝搡起来，扶他坐在旁边的椅子上，随手把剩下的三个信封都塞进他手里。

家宝一直是孤身一人。1970年我来东北的第二年，因偷跑回家被连队处理，发配到南山放牛。家宝非常热情地接待了我，不光没有教育我，还一直安慰我："逃兵没啥，俺在部队也当了两次逃兵。留恋庄稼地、热炕头不是？回到部队照样立功。我要不是当逃兵，现在最起码也当上少校了！"家宝倒不是吹牛，他是1945年入伍的，后来随部队转为铁道兵，虽然因说话直得罪人，一直没当上干部，但团长、政委见了他老远就会打招呼。家宝背地里跟我说："别看他们现在都人模人样的，在部队见到我还打立正咧！"

在南山的时候，家宝负责做饭、起圈，100多头牛每天都能起出一大车粪来，劳动强度不算低，但比起我来，还是要强上许多。我每天出去放牛，早晨七点多钟把牛赶走，下午四点多才能回来，不然牛吃不饱。春天时东北荒原上的风特别硬，秋天时牛群周围全是蚊虫和小咬，夏天和冬天，雨天一身水，雪天一身泥。凡天气不好或蚊子把牛咬急了，牛群就不听话。把牛赶回山上，我两腿跑得焦酸，嗓子常常喊哑。

家宝生活上还特别抠，每次做饭他都要从我的面袋里满满实实地用手圈着碗沿舀出两碗面粉，而从他的面袋里平平地舀出一碗。偶尔看见我朝他瞪眼，他就说："你年轻，正是长身体的时候，我胃不好，吃不了多少。"可吃起饭来，他的饭量和我不相上下。这样一来，不到月底，我的面袋就空了，他的面袋还能剩下一半。每当此时，他总是对我说："去，到营里找'刘脓'去！"他说的'刘脓'是一营副营长刘明，原是他铁道兵的战友，主管全营畜牧。每回刘明都很痛快地批给我粮食，但一边批条子，一边骂家宝："这老家伙真抠，还想攒多少钱呢！"

家宝将每月工资都小心地缝进裤腰，32元的工资最多时他能存下28元。我到南山那年16岁，家宝可能是40岁，但我一直认为他是一个老头。有一次我问他："家宝，存钱干啥？"他说："回老家娶媳妇！"那年冬天，他真的回山东老家了，但没娶回媳妇。过了一段时间他才跟我说："俺嫂子说娶不成了。"在我的再三追问下，家宝才告诉我，回老家时他把所有钱都交到哥嫂手里,希望能在本地找个媳妇。他嫂子捧出满满一盆草木灰,跟家宝说:"朝里尿吧,如果尿能穿透草木灰见到盆底就能结婚。"家宝却无法做到。我不解地问:"为什么?"家宝笑而不答。我想不通其中的道理,曾几次在没人的时候挖出几盆草木灰做实验,半泡尿就见了底。后来我又鼓励家宝没事练练,家宝摇摇头,只是苦笑。

从此以后,家宝不再攒钱了,学着我的样子,每次领了工资就打上一桶十多斤的散装白酒。每天晚上听着窗外呼啸的北风,我俩就面对面地喝着白酒,天南海北地聊天。家宝每次听见我的收音机里放《红灯记》李铁梅的唱段就不由得愣愣地出神,自言自语道:"这是谁家的闺女?唱得真好!"1972年尼克松访华,我把这令人震惊的消息告诉家宝,家宝不屑地吐了口痰:"就你信,美国肯定派来一个假的尼克松。当年我们在朝鲜和美国人打仗,那白人都是少爷羔子,一个比一个弱,只有那些黑人士兵能打仗,一对一的话经常干不过他们。20年前还和我们打仗,怎么现在要来谈友好了?肯定憋着什么坏主意。"

山上的日子再艰苦也有快乐的时候。每逢夏天下过雨后,水草充足,漫山遍野百花开放,牛群很容易就吃饱了肚子,赶回山上太阳还是老高。我骑在唯一的一匹老马背上，把长鞭甩得"噼啪"直响，手搭凉棚，远远望见我们住的两间茅草屋顶上还没有升起炊烟，就知道家宝还没有做饭。我便扯开嗓子唱起当时流行的山歌："人将毛主席著作比太阳，我说太阳比不上，太阳照得人身暖哟，毛主席著作照得我心里亮堂堂。"歌声未落，家宝已出现在茅草屋边。他双手插腰，扯开破锣嗓子和我对唱："人说坐船靠前坐车要靠后，喝完酒躲开炕梢要睡在热炕头，一宿宿都梦着后沟的二妞，情话话还没说完就升起了日头。"我们同样唱着太阳，我的太阳总是毛主席，家宝的太阳总是和女人有关。

我和家宝相处了将近两年，我们经常吵架。有一次，他把我的一封信当成废纸卷烟抽了，我差点没揍他。虽然经常发生矛盾，但朝夕相处确实让我们建立了深厚的友谊，他多次找连长反映我如何勤劳，以至我后来被提拔为后勤排长。提拔的背后还有一些争议。当时我们连指导员是一个上海知青，他提出我曾逃跑回家，在南山放牛带有惩罚性质，劳动表现好是应该的，怎么能以此为由得到提拔呢？家宝闻讯大怒，拍马找到刘明，大骂一顿后拍着胸脯说："多少年前的事了，现在还拿来说！逃跑回家怎么了？我还当过逃兵呐，你怎么没把我一枪崩喽？三云这样的好青年不提拔，我们贫下中农绝不答应，一千个不答应，一万个不答应！"硬逼着刘明当时就叫来那个反对提拔我的指导员，先是臭骂一顿，然后说："不提拔三云当后勤排长，我就提拔他当指导员！"吓得指导员第二天就亲自到南山接我回连。

后来，听说再派去的知青里没有一个能和家宝相处得好的。1973年恢复高考时，家宝又和其他老职工一起极力推荐我。上大学离开兵团时，我把所有行李连同箱子一同留给了家宝，家宝却没有表现出兴奋和激动，只是问了我一句话："回去当了官，还回咱这儿不？"我说我只是上医学院，当什么官呀。

这次回来北大荒，中午吃饭时，家宝又说起这句："俺就说你当了官准能回来！"他冲着孙广东、费国林说："这不是回来了！"当老幺说起他在一家美国人的公司工作时，家宝又想起他参加抗美援朝的岁月，担心地问："你们的美国老板厉害不厉害？平时揍你不？"老幺说："他们不敢，有时我喝了酒还想揍他们呢！"家宝对老幺一个月5000元的收入感到震惊："都顶我一年了，美国鬼子咋变得这么好啦？！"

离开家宝时我心里酸酸的，他的党龄比我岁数还大，一辈子也没娶上个媳妇。听说他把我留下的照片揣在上衣兜里，逢人就拿给人看，说起我俩当年的交情。老职工们对知青的想念是真诚的，孙广东能记得每个重访旧地的知青名字，费国林感慨道："你们在的时候多好呀！多热闹呀！"

我们从中午开始喝酒，不知不觉就到了夕阳西下，走出门来，向落日的方向望去，满眼的金黄色，远处的五大连池在夕阳的辉映下，宛如一幅巨大的国画。五大连池是我们过去经常驱车拉火山灰的地方，把火山灰施在菜园中，蔬菜长得特别茂盛。如今，五大连池已成为国家级风景名胜区。

要和老朋友们分别了，面对一张张饱经风霜的面孔，我抱拳当胸，本想说青山不改，绿水常流，但嗓子里突然好像被什么哽住了，竟然一句话也说不出来，不由得又扑簌簌洒下两行泪水。家宝赶忙走上一步，抬起一双粗糙的大手，为我抹去脸上的泪。我就这样一句话也没说出来便上了车，摇下车窗，又向他们伸手挥着。突然，耳边又响起家宝唱山歌的沙哑声音，调仍然是那么高，只是声音更苍老了。我从车窗望见家宝双手插着腰，头稍稍向一侧偏着，歌声传进大家的耳里："人说坐船靠前坐车要靠后，喝完酒躲开炕梢要睡在热炕头……"

从三连出来，我们直接上了水库。

三　水库的故事

这座水库是当年全团大会战时留下的，建在二龙山上比较宽阔的几条山谷中。那里原先就有春天化雪时留下的许多水泡子。1970年，我们团党委响应国家号召兴修水利、兴修大寨田，把二龙山变成北方江南，于是从各营集中了几千名知青，每天拼命地开山炸石，依着山势修了一座大坝，再把从几条山沟里流出的水集中在一起，就成了现在的二龙山水库。

修水库一直持续了近十年，直到知青大规模返城才告完工。有些知青在炸石头时被炸死而成了烈士，有些不慎从山上掉下来摔死就成了因事故殉职，有些因劳动强度太大患病而死，便什么也不是。司机说在大坝的一端有一座碑，碑上刻着"吃水不忘挖井人"这句话，他上小学时，清明节学校曾组织来碑前献过花圈。老师说："孩子们，请记住知青叔叔吧！"怪不得司机一路上对我们很尊重。他把汽车开到坝上，一眼望去尽是碧绿的水面，四周是座座青山，煞是漂亮。司机告诉我们，水库修成后里面投放了不少鱼苗，鱼长得很快。第二年春天冰面解冻时，水面竟漂浮着大量死鱼，都是缺氧窒息而死。后来每年冬天封冻时，都要在冰面上打洞，让鱼能够呼吸。打洞时经常有尺把长的鱼跳出来，这已成为当地旅游的一处景观。

　　站在大坝上，许多战友的身影又浮现在眼前。这碧绿的水，这青翠的山，能否记录下当年战友的足迹？记得建水库的头一年，团部宣传队排练了《智取威虎山》，慰问修水库的兵团战士。舞台就设在大坝现场，现在的著名剧作家邹静之当年扮演少剑波，他身披大衣，用高亢的京腔唱出："朔风吹，林涛吼，峡谷震荡……"恰巧一阵山风吹来，桌上的"文件"翻卷起来，直飘到舞台下面。我们捡起来一看，都是往期的《兵团战士报》，不由得一阵哄笑。"望飞雪，漫天舞，巍巍丛山披银装，好一派北国风光。"邹静之用手指向远方，做凝神沉思状。我们顺着他的手向山上望去，虽只是十月深秋，山风一过天上已降下雪花，舞台与自然混为一体，真是千载难逢的景象。

　　邹静之是我在玉渊潭中学时的同学，因为天生有一副好嗓子，他从连队被调到了团部宣传队，那些年流行革命样板戏，团部宣传队排演了《智取威虎山》在各连队演出。水库的演出算是基层慰问，邹静之除了扮演少剑波，还试着编写歌词、快板书等。1990年代，邹静之写了大量剧本，成了知名剧作家。他写电视剧剧本几万元一集，一个月就能写出好几集，收入相当可观。我们兵团战友聚会时特别喜欢邹静之参加，他一来就主动买单。大家都发着狠地点那些硬菜，邹静之总是谦虚温和地微笑着，不时用那双明亮而智慧的目光鼓励我们："点吧点吧，能吃就好。"酒酣耳热之际，邹静之会拿起麦克风，唱起深情的《鸿雁》："鸿雁，北归还，带上我的思念……"这时候我总觉得他是想起了二龙山，想起水库边的芦苇荡。后来，他和另一位作家推荐我加入中国作协，在给我的评语中他写满了褒奖之词，记得有一句是这样写的："三云的语言就像箱子盖准确地落下，在人们的心头发出'咔哒'一声。"

不经意间，我们猛然发现从北京同行的老张正默默伫立在大坝上，双手合十，眼圈泛红。老张在北京地铁公司后勤部门担任领导工作，分管地铁全线的商业开发与租赁业务。当年他在水库工地干的时间最长。我们几个朋友不管谁受了委屈，都由出身军人世家的老张"拔刀相助"。他曾以一天打四场架闻名。此时，老张完全沉浸在对往事的回忆中，不知他是在为修水库时牺牲的年轻生命祈祷，还是在向那些曾被他用砖头拍得血流满面的战友们诚挚地表示歉意。

从水库下山，路经火车站，来到了原团部的十字路口，很多知青熟悉的建筑现在都不在了。团部商场原是知青聚会的地方，节假日里它曾有过西单、王府井那样的热闹景象。而现在只有一小半还是商场，听说大半都改成了桑拿店和歌厅。原来是一营营部的大礼堂已经坍塌，我们勉强辨认出了礼堂的痕迹，废墟中早已长出深深的草。谁能想到过去这里曾开过无数次会议，曾发出过震天响的"扎根边疆"口号声呢？物是人非，往事虽已消逝，但记忆永存。

四　大雪中的小酒馆

从营部到团部的路上离团部最近的一个连队叫"万发屯"，名字的由来已说不清楚。30年前，在拐向万发屯的大道边上，有一个小酒馆。如今我们乘车经过这儿时，记忆中的小酒馆已经荡然无存。我死死地盯着路边那些半人高的蒿草，想象着那里曾经有过的房舍，耳边似乎又听到了当年暴风雪的呼啸声，鼻子中似乎又闻到了白酒的飘香，又好像有人唱着那支温柔而忧伤的歌："纷纷雪花掩盖了他的足迹，没有脚步也听不到歌声，在那一片宽广银色的原野上，只有一条小路孤零零……"

我18岁那年，在一个暴风雪的夜晚，那个小酒馆里发生过一件至今还埋在我心底的故事。那是一个多雪的冬天，快过年了，连长让我给团部张股长送两车柴禾去。在东北生活过的人都知道，越是过年过节越是大雪封门，柴禾是东北人家最重要的物资，我赶紧装好柴禾，把车赶上大路，朝团部而去。上午天气就阴沉着，中午到团部卸了车，垛好柴禾，又按规矩给张股长家扫完院子，仰头看着零零星星飘着的雪花，听着一阵紧似一阵的风声，连牛都没敢喂，只是给它们饮了两桶水，便饿着肚子赶车回连。

本想趁天黑前赶回连队，谁知雪越下越大，风声越来越紧。走出团部还不到半个小时，眼前就已白茫茫一片。路上没有一辆车，很快就连道路和路边的排水沟都分不清了，我赶牛的声音几乎被满耳的风声掩盖。牛车走到拐往万发屯的路口，我突然看见大路边不远处有一家小酒馆，挂在门前的幌子被风吹得高高卷起，隐约可听见里面叮叮当当的炒菜声。顺着风飘过来一阵酒香，我顿时感到又乏又饿又冷，想着还是避避风雪吃点东西再走吧，我把车赶进院子，找个背风的地方把 4 头牛拴在一起，从车上拿出一麻袋草料，倒出半袋在地上让牛慢慢地咀嚼，随即我便走进门去。

这是一家不大的酒馆，只有里外两间，外屋是灶间。跨进里屋门槛，只见地上摆有两张桌子，各有四个小凳，炕上一张桌已有三人围坐着喝酒划拳。做饭的是母女俩人，食物也很简单，只有馒头、手擀面和炖肉，另有散装白酒。一碗炖肉 1 块钱，一斤散装白酒 1 块钱，一个五两的大馒头 2 毛钱。我兜里一共 5 块钱，买了一碗炖肉、半斤白酒、两个馒头,花去1块9毛。喝了一口酒,又吃了一口肉,香得我闭起了眼睛,一个馒头下肚不但没有一点饱的感觉,似乎更饿了。我又连着喝了几口酒,把另一个馒头掰开,蘸着肉汤大口吞了下去,这会儿额头出了一点汗。

屋里非常暖和,我脱下棉袄和毛衣,只穿了件衬衣,低头一看才注意到酒只剩下小半碗,碗里的肉只有两块了。我夹起一块肉放进嘴里,慢慢地嚼着久久不敢咽下。望着碗里最后一块肉,我真奇怪刚才那七八块肉是怎么吃的,好像只在嘴里打了个转,并没咽下肚里就没了。我端起酒碗,一口把剩下的酒倒进嘴里,分几小口咽下,眼睛紧紧盯着碗里最后一块肉。

突然,一个清脆的声音在耳边响起:"大叔,锅里还有肉,坛里还有酒,还添不?"抬头望去,一个十六七岁的小姑娘笑吟吟地站在我面前。她穿着一件红色棉袄,腰里系着一条蓝花白布围裙。我伸手往兜里摸了摸,离发工资还有十来天,烟也没了,这点钱肯定不能再花,可肚子确实没饱,一咬牙我又拿出一块钱:"打二两酒,一个馒头。"我想着还剩两块七毛钱,回去能买几盒烟,能凑合到月底。小姑娘抿嘴一笑:"肉香着呢,不吃了?""小妹,谢谢你,我没钱了。""噢!"小姑娘拖长了声音答应着,转身出去。

不一会儿,她便送来一个馒头和几乎满满的一碗酒,还有找回的六毛零钱。"这合适吗？"我有点不好意思，小姑娘爽快地说："没事儿！"她又跑向门口看了一眼，说："俺娘没在，给你盛肉去！"我还没来得及阻止，她已经端着碗飞快地跑出去了，转眼间几块肉和大半碗汤便端到了我面前。"这合适吗？"我又重复这句话，不知说什么好。小姑娘送走了在炕上吃饭的客人，又从炕桌上端过来一小碗咸菜："这咸菜根本没动，不是剩的。"我笑了笑："剩的我也不在乎。"

大门"咯吱"一响，小姑娘转身出去了。我端起酒碗喝了一口，心里充满了感激和温暖。在兵团四年我很少接触异性，不管是同龄的女知青，还是屯里的妇女、女孩，几乎都和我没什么来往。东北的小姑娘和小小子，一年四季都穿着长衣服，几乎分不出男女。这个小姑娘让我第一次注意到东北的年轻女孩。也许是酒精的作用，也许是初次受到一个女孩的关照，我脸上一阵发热，头上也冒出了汗。她管我叫"大叔"，不知是出于习惯，还是北大荒的风霜真的使我显得老相，让我心中某个地方感觉隐隐作痛。

这时，门帘一掀，一个40岁左右的中年妇女走了进来，直视着我桌上的酒肉。"大哥，您就买了一碗肉吧？"她勉强堆起一脸笑容问。"啊，是啊！"我含糊地回答。"没事！"她转身出去。我刚夹起一块肉，还没放进嘴里，只听外屋

"啪"的一声,似乎是女孩挨了一个耳光。我血往上涌,大喊一声:"住手!"随即一拳砸在桌子上。由于用力过猛,桌上的三个碗同时弹起,之后咸菜碗和酒碗相继掉在地上,摔得粉碎。我一跃而起,刚要掀门帘出屋,娘俩儿正好一起走进屋里。我一手抓住中年妇女:"你为什么打她?"中年妇女吓了一跳,扭身想挣脱,可被我死死抓住衣领,一步也动不了。我穿着厚底皮靴,挺胸站在门框前,正好头顶在门框上,在这个中年妇女的眼里,我肯定是个顶天立地的汉子。女孩尖着嗓子,喊了一声:"大叔,她是俺娘!"我举在空中的右拳放了下来,伸手到兜里拿出剩下的两块多,全部塞在中年妇女手里。"全给你!"我又低声骂了一句,坐回桌边,三两口吃完肉,将馒头揣进兜里便穿上衣服出门。

我跨了几大步来到4头牛前,愤怒使我忘记了外面的寒冷。我抓起剩下的半袋草料扔到车上,拉起4头牛开始套车,套好车才感觉天色已经非常昏暗。北大荒的冬天赶上暴风雪的日子,下午三四点钟天就黑得如同傍晚。我跳上车,吆喝着把牛往外赶,一抬头却突然看见大门口站着那位女孩,红色的棉袄映照在雪地里,像团火一样在跳跃。她向我喊:"大叔,你走不了啦,外面雪都封道了!"

我跳下车,走出院门,一阵急风呛得我别过脸去。外面已是一片雪白，认不出哪是路哪是沟。抬头望天，大团的雪花压下来。风在呼啸，刮着不远处的高压线发出尖厉的哨声。来东北四年，这样的暴风雪也很少见。我硬撑着回头看那4头牛，它们都深深地埋头挤在一起。

女孩跑过来，一把抓住我的袖子，恳求道："别走了，俺娘说明早雪停了再套车！"我犹豫着向院里跨了两步，又停住了。"吱溜"一声门开了，中年妇女向我招手："快进门吧！"我走回屋里，不知说什么好。见女孩进来，我第三次问她："这合适吗？"女孩高兴地说："大叔，没事儿，俺家留宿过知青，去年下大雨，好几个知青都在这里住过。"

我重新卸了车，把牛牵到房后饮水，又把草料全倒出来，让牛慢慢地吃。回到屋里，只见炕桌上饭菜已重新摆好，除了一大碗炖肉外，桌上还摆着葱、酱和韭菜花，两个小碗满满地倒上了酒。我坐在炕桌前，对中年妇女抱歉地笑笑："给您添麻烦了，等明早风停了我给您捎车柴禾来。"中年妇女笑了笑："不用，不用，你别再想打人就行了。"她主动端起酒碗："你们知青抛家舍业来到东北，受了多少苦！啥时候才能回北京不过这苦日子，在北京的爹娘不知怎么惦念你们呢。"我端起酒碗和她碰了一下，又放到桌上。女孩看我没喝，又赶紧替我端起来送到嘴边："我可不希望知青走，我的老师都是北京人，对我们好着呢！"

就着女孩的手，我喝了一大口，酒是热过的，比刚才我自己喝下去的半斤多酒顺口多了。我抓起一棵葱蘸着酱和韭菜花下酒，不知为什么有了一种家的感觉。我又一口把碗里的酒喝干，中年妇女问我要不要大碗。"当然！"我脱了外套，又脱鞋上炕，一瞬间觉得小酒馆成了全世界最温暖最可靠的地方。闻着韭菜花的清香味，只觉得比北京饭店的菜肴还要香得多。冬天的葱虽然有些上冻，但又辣又甜，比北京烤鸭店里的山东大葱还要香。

之后谈话间，我才知道这家人姓宋，中年妇女的丈夫原是沈阳军区某部连长，1969年随着黑龙江生产建设兵团的组建，被调到这里当团军务股长，她们娘俩也从山东老家赶来兵团。不幸的是，1970年我们团讷谟尔河畔的林场着火，她丈夫带领知青去灭火，竟然牺牲在了山上。料理完后事，她们娘俩搬出团部，在万发屯开了这家小酒馆。

听着她们的叙述，我不由得感慨万分。我默默举起酒碗，为她丈夫的在天之灵祈祷，随即一口喝去三分之二，又回手将剩下的三分之一洒向门边。她俩看懂了我的用意，齐声道谢。我们边吃边谈，不知不觉间几个小时过去了，我的头越来越沉，舌头越来越短，我使劲咬了一下嘴唇，麻麻的，一点儿都不觉得疼。我以为肯定已过了深夜，拿出表一看，发现还没到7点。我忽然就觉得吃饱了。我天生酒量大,但这天我头一次喝了一斤半白酒。

我被安顿在炕头,两个高高的枕头,下面还铺着一张狗皮褥子,一条黄色的军被在炕头上摊开。炕梢并排放着两个枕头和两床花被,显然是她娘俩为自己预备的。想到将和两个女人同睡在一条炕上,我心中不由得一阵躁动,浑身不自在。但酒劲冲上来,眼皮已经张不开,身子一歪,我便靠在了枕头上。

我躺下的时候,女孩也爬上炕,她显然是没和我谈够,见我要睡觉,赶紧问:"大叔,你在北京时见过毛主席吗?""没有。"我含糊地回答。"哎,你不是说毛主席八次接见红卫兵,你参加了三次吗。""太远,看不清!"她嘻嘻笑着。

"哎,我突然想起一件事,我和毛主席同抽过一支烟。"她快速从炕梢爬到炕头来,一张小脸对着我:"吹牛吧!""没吹牛,原来我有个同学,他姐姐在北京机场工作,是首长休息室的服务员。有天下午我们在他家里玩,他姐姐下班回来,从包里拿出一个纸口袋,高兴地告诉我们:'今天主席的专机走北京机场,毛主席在我的休息室抽了两支烟,刚点燃第三支就被通知登机,我就把这支烟带回来了。'当时我和同学兴奋不已,马上点燃这支香烟,轮流深深吸了几口,幸福得眯起了眼睛。"我还没说完,女孩就笑了，她忍不住在炕上打滚。我有点不高兴，说："行了，别笑了，我教你唱支歌吧：一条小路曲曲弯弯细又长，一直通往迷雾的远方，我要沿着这条细长的小路，跟着我的爱人上战场。"女孩又笑了，跟着我轻轻地唱起来："纷纷雪花掩盖了她的足迹，没有脚步也听不到歌声，在那一片银色的原野上，只有一条小路孤零零。""我们老师也会唱！"女孩的歌声圆润而甜美，听得我心旷神怡。

  小酒馆外面风声越来越响，人仿佛置身于大海，但小屋内温暖如春。伴着女孩低低的歌唱声，不知什么时候我睡着了，没有我设想的那么浪漫，也没有我担心的尴尬。这一觉我竟然睡了十几个小时，第二天早上8点才被女孩推醒："大叔，我要上学去了！"我一轱辘爬起来，边穿衣服边发愣，一时间竟想不起身在何处。只有一件事是清楚的：昨晚我是穿着毛衣、衬衣、棉裤和袜子睡觉的，现在却像变戏法似的，棉袄、棉裤被打理干净，整齐地叠放在炕上；衬衣、袜子洗得干干净净，也整整齐齐地放在我枕边，散发着一股肥皂的清香。

  走出屋门，我又一次套好车，摸摸身上没有什么可再留给主人的了。我拿起车上的斧子，砍断了大车上拴柴禾用的一盘粗绳子，把它盘好扛进屋里，交给那中年妇女："这绳子留着吧，也许将来有用处！"车赶出院，回头望去，中年妇女向我连连挥手，阳光下一脸灿烂的笑容，这一幕至今仍留在我心里。她和她的小酒馆，还有她的女儿，如今都在哪儿呢？冬天再有暴风雪，路过万发屯的客人们再没有地方去喝温暖的"北大荒"酒了。

五 尾声

30年过去了，那热炕头暖融融的感觉，依然那样真切，使我无法忘怀。那中年妇女应该变成了老婆婆，女孩想必已为人妻为人母了，她可是善良、贤惠又会唱歌的女子。重返二龙山的这五天，每天都能看见久违的亲人，每天都要醉倒一次，每天都会洒下喜悦与激动的泪水。在我们离开前，听说场部领导想搞一个欢送仪式，还要请当地的学校鼓号队出席，我们坚定地拒绝了。倒不是怕扰民，而是怕承受不起家乡父老这份沉甸甸的热情，不敢再经历洒泪分别的场面。

吃晚饭的时候，我们告诉场长，我们想改变路线，从五大连池回北京。场长深情地说："黑龙江兵团有很多资源，但我们最看重、最珍惜的是知青资源。知青的汗水洒在了这里，知青的青春留在了这里，知青的不朽功绩将永远被二龙山人铭记。"一番话说得每个人心里热乎乎的，让我们感到既满足又难过。满足的是，我们作为知青得到了人民和时代的肯定；难过的是，这片黑土地和当年几乎没有变化。正如一首歌里唱的："我的心充满惆怅，不为那弯弯的月亮，只为那今天的村庄，还唱着过去的歌谣……"

脸红耳热之际，老幺摇头晃脑，一手举着酒杯，嗓音嘶哑着唱起了歌："沿着田野，迎着群山，筑起钢铁的战线。"接着，我们一起合唱起来："英雄的队伍阔步向前，去建设边疆，保卫边疆……"一开始唱得参差不齐，后来每个人都加入进来，歌声就变得铿锵有力起来。这一幕仿佛当年行军拉练的路上，知青们踏着单调而坚定的步伐唱着歌。

最后，场长把我们送到二龙山屯火车站，和我们一一握手道别。离别之际，我突然问场长："万发屯你熟吗？""熟哇！""我跟你打听个人。"于是我讲起那个小酒馆，那个暴风雪的夜晚和那对母女。场长想了一会儿，慢慢地摇着头："不记得有这样的酒馆和这对母女。""她爱人姓宋，是团里的服役军人，有一年灭火牺牲了。"场长愣了一会儿，又断然摇头："团里的服役军人我都认识，应该没这个人！"这回轮到我发愣。

登上返京的火车，我们几人都沉默着，我一次次回头望向二龙山屯。北京和二龙山都是我们的故乡，说不上哪片乡土更亲切，哪方亲人更令人眷念。

以上都是1999年初次回到二龙山时留下的文字和记忆，现在算来离最早去二龙山已经55年了。二龙山屯永远留在我的记忆里，它记录了我青春时代的足迹与梦想，它教会了我人生必需的知识，这些知识足够我面对今后的整个人生。

离开二龙山农场，滕伟民一行人到了五大连池。20世纪60年代，这里称德都县，1983年为开发火山旅游资源，国务院批准撤德都县设五大连池市。五大连池市以肥沃的土地、优质的矿泉水和独特的火山文化吸引着游客。300多年前火山喷发时，岩浆冲进山下的湖水，将整个湖面分成了五个池子，但湖底是相互连通的，湖水不断向外涌出，灌溉着周边土地，滋养出广袤的良田。55年前，滕伟民来到这里时，漫山遍野长着荒草，现在已到处是现代化的亭台楼阁，周边仍是国营农场的土地，在北大荒人的耕耘下，这里成为国家粮仓。

第一代北大荒人是20世纪50年代来这里拓荒的十万转业官兵，时任国家农垦部长的王震将军带领他们在这里开荒拓土，他们成为北大荒第一代拓荒者的中坚力量。1969年，从全国各地来到这里的知青成为第二代北大荒人。

后来，第三代、第四代北大荒人让这片土地真正做到了农业现代化。确切地讲，如今"北大荒"不再单指地理区域，更成为几代人为国家粮食安全奋斗的精神象征。

2009年，北京知青建立北大荒纪念馆，里面陈列着乘车证、兵团证件等纪念物与照片，馆前种着几棵白桦树，树下的黑土都是从北大荒运来的。许多知青带着家人前来参观，凝视着展品热泪盈眶。曾经在北大荒插过队的媒体人敬一丹说："馆里的一切都让我感动，让我回忆起那些难忘的岁月。出馆之后我惊奇地发现，白桦树下的黑土被参观的老人们一捧一捧地带走了，成为他们的珍藏。"

北大荒人开拓奉献的精神，正是中国从农业现代化迈向工业现代化、实现国家繁荣富强的缩影。

劈柴之后回到帐篷,我总能睡得很香。一觉醒来,仰望帐篷顶上那个圆洞,星星一闪一闪的,似乎在眨眼,远处传来风吹过林海的涛声,不由得想起亲爱的家。

老幺翻出工具箱,找到一把老虎钳子,开始剪包袱上的铁丝,说:"要是钱,咱俩一人一半;要是炸药,咱俩一块儿死!"

女大夫严厉地阻止我俩:"你们这两个土匪,谁是孩子父亲?"

我和老幺对视了一眼,不知如何回答。

一直打下手的卫生员凑过来:"大夫,这孩子的父亲前些天出事牺牲了。""啊?"

大兴安岭的思念

2025年1月15日，我和黑龙江生产建设兵团的两位战友又来到了位于加格达奇附近的阿里河镇。53年前我们曾在这里进行伐木作业整整一个冬天，下山的时候已是第二年春暖花开。这里是大兴安岭的腹地，过去是一望无际的原始森林，即使是1972年我们来的时候，这个小镇还被松树林和白桦林包围着，只是在林间有了公路和铁路。当时的阿里河镇上好像有800户人家，我们就住在镇上。那会儿的旅馆都是大通铺，一铺炕上可睡十几个人，因为人多，我们在一铺炕上挤了二十多人。夜幕刚刚降临，大兴安岭的风徐徐吹下来，送来像海涛一样的声音，哗啦哗啦涌到我们耳边。半夜时分，风越来越大，林涛的声音如同海浪一样，睡在山中仿佛置身于海岛。现在阿里河的原生林大幅减少，居民人口增加了数倍，楼房高低错落，已发展成为现代化城镇。

　　离开阿里河镇10公里有一个嘎仙洞，那是全国重点文物保护单位。我们对这个洞印象极深，过去伐木时上山下山都要钻进洞里抽烟、休息。大兴安岭林区有严格规定，户外禁止吸烟或点明火，我们只得在嘎仙洞里抽烟，那时我们只当它是个普通山洞。直到1979年至1980年间，呼盟文物工作站站长米文平与同事们一起，怀着坚定的信念，先后对嘎仙洞进行多次探查，终于发现了洞壁上的古代文字。那是北魏太武帝派遣大臣来此祭祖后刻的祝文，距今已有1500多年。石壁铭刻的祝文内容与《魏书》所载基本一致，只是文字细节上略有出入，由此证实了嘎仙洞就是《魏书》所记载的鲜卑祖庭石室。嘎仙洞的石壁铭刻几乎立即引起了轰动效应，被誉为"鲜卑史研究的关键实证"。我们怀着崇敬的心情参观了已经修建得相当现代化的遗址博物馆，想起53年前在洞窟进出的情景，真有恍如隔世之感。如今，洞区周边建设了完善的保护设施，夜里躺在酒店大床上，已经听不到林涛声，但回忆仍如潮水般涌现——当年共同伐木的战友们，你们今在何方……

一　从一段日记开始

朋友，你到过林区的采伐场吗？如果你初次看到采伐树木的情景，刹那间就会被吸引住，那些高大、笔直的树木几乎是一棵挨着一棵。你若是站在山脚，看山腰上伐木的情景，那的确是一幅壮观的景象。

随着"顺山倒"的号子，几十米高的大树带着沉闷的咔嚓声轰然倒下。最壮观的就是树倾斜时的样子，脚下是白雪，整座山都是白的，树木被蓝天映衬着。你看，树倒时阳光就在树干上奇妙地跳跃，看起来十分炫目。

这本日记的纸页已经泛黄，落款是1972年10月，那年，我18岁。

那年深秋上山，直到第二年春天冰雪消融，采伐连的500人才从山上下来。那个地方叫阿里河，地图上标的位置在加格达奇附近。这个名字深深烙印在我的脑海里。几十年过去，不管谁提起这个地方，我都觉得和我有关系，似乎我是属于这个地方的人，尽管我只在那里待了半年多，也没在那里留下任何痕迹。这么说也许不确切，毕竟我在那里挥洒了血汗，把青春年华留在了那里。

1972年10月14日，我们奉命从二龙山开赴大兴安岭林区。按兵团冬季惯例，从各连抽调500人，组建采伐连，驻扎在阿里河镇上。镇上有几千人，其中有许多鄂伦春族人。我们惊讶地看见鄂伦春的孩子在街上骑马飞驰而过，他们举枪就能打下天空中的飞鸟。许多青年喝酒、唱歌，显示出北方人特有的豪爽。我甚至在街上看见一个老人，穿着长袍马褂，让我仿佛置身于 20 世纪 30 年代的电影里。当然，最使人着迷的还是绵延的大兴安岭，它被林海覆盖，劲风吹过，发出浪涛般的声音，哗啦哗啦，带着松树特有的清香，席卷整个小镇。十天后，首批 28 名先遣队员随营长郑奎山上山。

> 清晨，山间的空气是多么清新呀！早晨天空已经放亮，但由于山的阻隔，阳光还没有照到山脚。这时，空气中带着凉爽的气息。朝山腰处望去，或许是太阳光折射，空气中浮动着乳白色的雾气，在晨光中显得十分清晰、漂亮。深深地呼吸几口空气，浑身上下都充满清爽的感觉，这种享受大概也只有我们——勤劳的兵团战士才能获得。

这是我在 1972 年 10 月 15 日写下的日记第一段，仍然是发黄的纸页。

我们 28 人整齐地列成一排，接受郑奎山营长的检阅。兵团每年冬天都要军训，我们的队列训练几乎达到准军事化标准。郑营长从排头走到排尾,目光炯炯地在我们脸上一一扫过,然后回到队列前面。我们这才看清他的全部装束:一身黑色棉衣,腿上打着绑腿,头上戴着一顶黑色狗皮帽子,腰间横扎着一条宽皮带,皮带右边挂着一支驳壳枪,看上去有点像电影《智取威虎山》中的剿匪队员。他简要地下达了进山命令,一挥手,我们就出发了。刚开始还是按着队列行进,一进山自然而然就变成了一群人胡乱地爬坡。因为山上没有什么真正的路,两台拖拉机并行向前走,所有碰到的树都要砍掉,所有石头都要挪开,这就是将要运木头下山的路。

我们28个人以这样的速度向前推进,上午四小时才前进了10公里。中午休息时发现半山腰有个洞,本地人称"嘎仙洞",路过洞口时我们进去看了看,没想到别有一番景致。洞口由于被茅草遮住了一些,显得有些矮小。一进洞口说"豁然开朗"倒也不恰当,因为里面很黑,可确实非常宽敞,至少有一个篮球场那么大,宛如人工凿出的大厅,住上二三百人没问题。打开手电向洞壁照去,现出两行大字"打倒日本帝国主义!""抗日胜利万岁!",不知是用墨写的,还是用火熏出来的,令人肃然起敬。

我们就坐在洞里抽烟。山上有严格的纪律,无论春夏秋冬,严禁户外吸烟。抽足了烟,吃完了干粮,走出洞口,才发现漫天飘起了雪花。10月对北京来说是最好的季节，这里却已是林海雪原，但少有人关注这壮丽的北国风光。我们一步一滑地继续走着，下午两点多，又向前推进了10公里，随后便在山中临时宿营了。然而睡觉前的一场虚惊，冲淡了我们一整天的疲乏。

二　郑营长的驳壳枪

放下行李，支好帐篷，郑奎山营长拔出枪，压上子弹，对我们说："走，看看有什么野味，改善一下生活！"郑营长是朝鲜族人，据说是老革命，见过金日成将军和彭德怀司令员，常常给我们讲他打过的仗，以及那些被夸大的故事。因为没有旁证，我们一概选择相信，但后来发现，他每次讲的战斗情节都不一样。这一次，我们想看看郑营长的枪法，便簇拥着他走向山坡。

那些年，大兴安岭已经没有了大型动物，兔子、黄鼠狼什么的倒偶尔能够见到，我们只见过一次熊，它见了人就没命地跑，不等我们看清便消失在森林里。我们在林子里钻了半天，什么也没发现，倒是多次见到树枝上黄褐色的松鼠摇着尾巴蹿来蹿去。我们向郑营长建议："打只松鼠吧！起码能做副手套。"郑营长从腰间拔出枪，向树上一只松鼠瞄了瞄，然后"咔"的一声打开保险，随着保险发出清脆的声响，还没扣动扳机，"啪"的一声，一颗子弹已经射向天空。郑营长吓了一跳，赶紧把驳壳枪拿到手中检查，谁知又是"啪"的一声，子弹斜着飞出去，在我耳边呼啸而过，吓得我一屁股坐在地上。郑营长以为我中弹了，绝望地大吼一声，同时把枪管朝向地面，随后又是"啪"的一声，一颗子弹射在他的脚边。

郑营长赶紧把枪扔在地上，人跳到一边，枪不再响了，但没人敢把它捡起来。我站起来，晃晃头，甩了甩胳膊，发现自己哪儿都没受伤。所有人一愣，随后哈哈大笑起来。"你这是什么枪呀？"有人质问道。郑营长满脸通红，他关上保险，一边朝枪管里吹气，一边说："这是当年苏联红军留下的东西，真不是好玩意儿！"我们边笑边走回帐篷。

郑营长把枪装回行李，不再别在腰上，皮带上空荡荡的。第二天，在一个宽敞的山谷里，挨着一眼泉，我们扎下了正式的宿营地，搭起一排帐篷，并建起了伙房。伙房盖得非常别致，完全是用砍下的圆木搭成的，横着的圆木一根压着一根，在拐角的地方用钢钉牢牢卡住，在两米高的地方，架上了两根横梁，然后用铁板铺在上面，伙房里充满松木的清香。

我第一次住帐篷，躺在帐篷里，顶部正中有一个篮球大的圆孔。据说这是不能封严的，透过这个孔可以直接看到天上的星星。下雪时，雪花会直接从上面飘下来。由于炉膛里烧的是木材，帐篷里温暖如春。

三　从劈桦子开始的劳动

我非常喜欢劈木头这个活儿，东北叫"劈桦子"。把圆木截成一尺左右的树墩，用长把大斧子抡圆了狠命地劈在截面上，"咔嚓"一声，圆木破为两半或三四瓣，再把半圆的木头重新立起来，几斧下去劈为小腿粗细的木柴。这活儿不光自己干着过瘾，旁人看着也觉得过瘾，能充分显示男子汉的威风。

我有空就到伙房去帮忙劈柴，在寒冬腊月里，只穿一件衬衫，也能干得浑身冒汗，痛快淋漓。

劈柴之后回到帐篷，我总能睡得很香。一觉醒来，仰望帐篷顶上那个圆洞，星星一闪一闪的，似乎在眨眼，远处传来风吹过林海的涛声，不由得想起亲爱的家。

山上的生活就这样开始了，每天劳动量很大，伙食却很单一，生活非常艰苦。但大兴安岭无边无际的林海给了我们极大的慰藉，让我们这些来自大城市的青年大开眼界。

很多林区属原始森林，从来没有人踏进过，扒开积雪，能找到洒落的松子和干蘑菇。柞树上寄生着猴头菇，特别有意思的是，如果朝南的树干上有一个，朝北的树干往往也有一个，而且长得非常相似。有的地方是成片的松树，有的地方是成片的白桦树，当然杂着长的树种也有许多。在某片林区，你甚至能看到雷雨造成的壮观景象。

两个人合抱不过来的大树被雷电拦腰击断，留下两米多高烧焦的木桩，似乎在向人们诉说着岁月的严峻。有些被风刮歪的松树一排排倾斜着生长，宛如有人刻意编排。我曾从一棵树的树根沿着倾斜的树干轻易走过二三十米，这时离地面已有十几米高，然后从树干上像滑梯一样滑下来。大自然的景象真是令人叹为观止！

日记本中这一页夹着一片树叶，是枯黄干涩的，似乎是白桦树的叶子。

四　从伐木工到杠头

我起初的任务是上山伐木，大约有400人干这个活，每人发两把手锯。手锯宛如一米多长的刀,有一个弯弯的木把。尽管如此,碰到最粗的树,手锯拉到中间都不够树宽。

我们要把整座山的树都砍伐殆尽,据说所有木头要运往越南,支援越南抗美斗争。后来我被抽调出来,为卡车、大挂装车,就是所谓的"抬杠儿"。在东北林区,"抬杠儿"是最累的活,八个人一副杠儿,中间一人为杠头,负责喊号子。上山伐木必须喊号子,采伐工有自己的喊法,就在树将要倾倒时,如果顺着山坡向下的方向倒,那么就高声喊"顺山倒",如果朝山顶方向倒,就喊"迎山倒",如果两个方向都不是,则喊"横山倒"。大多数情况都是"顺山倒"。

我们抬杠儿的号子有点像现代摇滚中的说唱,听似只有"嘿呦嘿呦"的号子声,但实际上每句都有词。我们这个林区号子第一句是"哈腰挂上",所有人随声喊"嘿",第二句是"长腰起",所有人又是沉重的"嘿"声。如果一下没抬起来,杠头的声音就提高八度,喊"长腰就起吧",所有人就喊双号"嘿呦嘿"。这时,八个人都使出吃奶的劲抬起木头,要是这下抬不起来,这根木头就别想再抬动。8～10米长的件子一般都有1000多斤重,碰上直径特别粗的,1000多斤都不止。抬木头需要集体精神,如果有一人抬不动，上跳板前可以喊"哈腰"，一旦上了跳板，再困难也要咬牙坚持。木头悬在高高的跳板上，如果一人被压倒，所有人都有生命危险。老林工里常有上了跳板后被压得吐血的，但即便吐血也要坚持把木头抬上去。所以集体的安危就成了八个人共同的命运。在山上抬木头半年，我和同一杠儿的七人成了生死之交，几十年来我们一直有联系。

我们有个连队战友叫贺国珍，是开卡车的司机，大家都叫他小贺。小贺的父母都是双鸭山煤矿的干部，小贺从小在矿区生活，豁达开朗，人缘极好。我们上山的第二个月就临近新年，为了新年能够休两天假，采伐连不分白天黑夜地干活。小贺开的卡车被安排在后半夜下山。

有一天我们装车时，出现了这样一个情节。支好跳板，碰上的第一根木头就是特大的落叶松。双号喊过之后，直起腰来，我就觉得有些喘不过气，两条小腿不停地颤抖。没等我喊，背后的哥们儿大吼一声"哈腰啊！"，结果"咚"的一声，件子重重砸在了地上，杠头孙广东转过身来问："怎么啦？"我身后的二人同时说："我们挂木头可能靠前了，太重。"孙广东向后摆了摆手，我们向后退了一步，重新把木头挂好。号子又响起来，低沉而有力，走到跳板前，前杠不知谁喊了一声："哈腰！"结果"咚"的一声，木头又砸到地上了，前杠又有人说"太重"。孙广东阴沉着脸，从牙缝里挤出几个字:"后杠撤两个人。"山里伐木的规矩有时不合逻辑,逢上木头抬不动,不是加人却是减人。至于为什么,我很多年都没悟出道理来。听到这话,我和后杠的另一人不由得精神一振,脱了棉袄,扔掉皮帽,把皮带往里勒了勒。前杠的人和我们一样,孙广东脱了棉袄直接光着膀子,喊号声比刚才高了一倍,没参加抬杠的二人站在边上跟着喊号子。最后用尽所有力气,我们才把这根落叶松抬上卡车。寒冬腊月里,每个人头上都冒着热气。

从跳板上下来,我一屁股坐在雪地上,这时小贺突然从驾驶室蹦出来。他伸了伸大拇指,说:"真行啊,哥们儿。"接着又对孙广东说:"这根木头真棒,最少有1500斤,打个棺材绝对没问题。"所有人都笑了,孙广东赶紧捂住小贺的嘴:"说的什么话?犯忌讳!"小贺一副无所谓的样子。装好车,我们目送他开车下山,只有孙广东低着头一言不发。望着卡车远去,孙广东突然回头对我说:"我看要出事,右眼皮一个劲儿跳。你来当杠头吧。"

五 搭起一座安全门

半夜,消息传上山,果然应了孙广东的话,小贺开车出事了。

在一段下坡的路上，没有拐弯，也没有任何障碍，不知什么缘故，小贺一脚踩了刹车，一根大木头凭着惯性往前冲出一米，顶破了驾驶室，把小贺牢牢地压在方向盘上。

事故现场非常惨烈，小贺面色紫黑，双眼凸在眼眶外，咬破的嘴唇上凝结着一团血，断裂的肋骨刺穿了皮肤，露在体外。在场的人无不感到惊骇，大家都落下泪来。我注意到，撞进驾驶室的就是那根特大的落叶松。

我们用钢丝绳把这根大木头拖在拖拉机后面，拉回山上，按小贺的说法，用它做了一口白茬儿棺材。四个木匠一起动手，连夜就做成了。山上大多是知青，没几个老职工，谁也说不清葬礼应该怎么操办。最后在郑营长的组织下，我们回忆曾经在书中和电影里看到的场景，拟定了葬礼仪式。

下午5点，全连在雪地里集合，每个人都戴着白花，臂缠黑纱，气氛庄严肃穆。白花是用手纸做的，黑纱布是用深浅不一的黑布凑出来的，统一缠在左臂上。

各排都送来祭奠品，摆在棺材前的供桌上，有酒、罐头、香烟，甚至还有一封信。郑营长宣布下葬后，朝着四个木匠挥了挥手，只见他们在棺材南边站成一排。年龄最大的老木匠高喊一声："孩子，南躲钉吧！"只听"砰"的一声，四个木匠同时手起斧落，把四颗长长的钉子钉进棺木。他们又转到棺材北边，最年轻的小木匠喊道："贺大哥，北躲钉！"又是"砰"的一声，四颗长钉钉进棺木。这传统的北方习俗把我惊出一身冷汗。

郑营长仰天长啸，哭出第一声，接着朝我们摆摆手。我们杠儿的八人抬起棺木，放进早先用炸药炸好的坑内。背后人群中一个女子凄厉地喊道："小贺……"只听"哗"的一声，全连400多人齐刷刷地跪在雪地上，激起两米多高的雪尘，慢慢随风飘散。人们又开始痛哭。天已经完全黑下来，山上起了风，蜡烛大多被吹熄了，树枝"哗哗"作响，声音越来越大，犹如排山倒海、万炮齐鸣。我们一个个走到棺材边，拿铁锹将冻土盖在棺材上，走在后面的人没有土了，就用衣服兜起一堆雪盖上。坟头越来越大，仿佛平地起了一座小山。

自从上山以来，小贺成了第一个牺牲的战士。据说山上伐木年年死人，可发生在我们身边还是头一次。不安的情绪笼罩着整个采伐连。郑营长决定在上山的必经路上，为敬山神搭起一座"鬼门"——我们称为安全门。安全门两边的门柱上糊着纸人纸马，郑营长还挥笔写下一副对联。

我们每天出工时都经过安全门，从此没有一人受伤。后来指导员觉得不妥，号召我们把安全门改成宣传阵地。1972年底，我悼念战友小贺的几首小诗贴在了门柱上。

悼贺国珍君

君命一鸣呼，不见春风度。
若今英魂在，还望游林海。
白雪为灵床，树挂白绸带。
为君遮风寒，九泉能自在？
蜜月黄泉度，明月映此湖。
也似人间水，慈母望江呼。
惜哉国珍君，九泉心不安。
任务完成日，捷报祭英魂。
君为工作亡，精神人不忘。
吾等继尔志，革命道路长。
社日春光媚，遗愿化春水。
君心似我心，共赏自然美。

六　嘎仙洞的秘密

上山第三个月，临近年底，我们发现了嘎仙洞里的一个秘密。

一天傍晚，郑营长在我们帐篷门口大喊一声："三云！""有！"我应声从铺上弹起来。郑营长吩咐说："老幺肚子不好，你替他下山跑一趟。"老幺就站在郑营长身边，双手捂着肚子做痛不欲生状。

原来前一天晚上改善伙食，老幺吃了两份红烧肉，夜里帐篷里边热，又喝了不少凉水，早晨起来就开始拉肚子。考虑到满山遍野的白雪和像滑梯一样的盘山道，我对郑营长说："我陪他押车下山可以，但车还得他自己开。"听到这话，老幺立刻直起身子，松开捂着肚子的手，喊道："我自己能开还找你干嘛？帮忙跑一趟都不行啊？"我不说话，转身进了帐篷。老幺马上又改口："你押车走吧！还是我开，万一我疼晕过去，你搭把手就行了。"

自从小贺死后，司机们都不敢一个人开夜车，万一卡车发生点事故要回山上送信，顶着凛冽的寒风走40里山路，只会冻得鼻青脸肿。有人押车情况就会好很多。我和老幺拉着一车木头，开足了大灯，摇摇晃晃地下山了。

老幺是我在七连的队友，我和他家都在北京海淀区。路上我们每走约半个钟头，老幺就要停车解手，几分钟后跑回来，他被冻得龇牙咧嘴："真冷呀！风吹在屁股上像刀割一样，两碗红烧肉都浪费了。"直到半夜，我们在山下林业局楞场卸完木头，返回山上。车路过嘎仙洞时，老幺一脚刹住车，开了门便一头冲进洞里。我一边笑一边打开车灯，点起一支香烟等他。谁知烟没抽完，老幺就大呼小叫地跑回来:"有情况!"他上车后,将一包黄乎乎的东西扔在车座上,随即关上车门。

我仔细看,那是一个用黄色军被裹着的包袱,铁丝在上面扎成井字形。不知过了多长时间,铁丝已锈迹斑斑,军被的布也糟透了,露出丝丝棉絮。

原来,老幺嫌雪地里解手太冷,便打着手电跑到嘎仙洞最里头。突然,他发现脚边的石头有些异常,好像是有人故意堆起的石头堆,紧靠在一个角落里比较干燥的地方。他用手往下扒拉石头,结果发现了这个包袱。

"会不会是山里强盗藏的钱?"老幺兴奋地说,"也可能是金条、袁大头什么的。"老幺两手按着军被包袱兴奋起来,连肚子疼都忘了。我调侃道:"会不会是炸药呀?有点像炸药包。"老幺赶紧缩回手。我拿起包袱摇晃了一下,感觉不太重,但里面的东西摸着有点硬。老幺翻出工具箱,找到一把老虎钳,开始剪包袱上的铁丝,说:"要是钱,咱俩一人一半;要是炸药,咱俩一块儿死!"

我掐了烟头,打开包袱,里面是一层油布,油布里边还有层棉布,打开棉布,眼前出现一个半圆形的军用饭盒。老幺用手按住饭盒盖,说:"要是钱,我一大半你一小半。"我一把推开他的手,小心翼翼地打开饭盒,里面是几张牛皮纸,上面的字迹有些模糊,写着:

我们是东北抗日联军第二师独立团的战士，作战数月已弹尽粮绝。枪支是弟兄们用鲜血换来的，宁死也不能留给敌人。我们把枪埋在此洞正前方100米左右的河边，后续的部队可以挖出使用。

战士：李长锁、耿林、耿山、张二凤

我们扔下东西，沿着嘎仙洞正前方走出100米。河早已没有了，眼前是密密的一片一拃粗的白桦树，无法分辨哪里曾经是河床。我们只得回到车上，加大油门赶回宿营地，一路上默然无语。山上的生活虽然艰苦，但比我们更艰苦的还有那些烈士们。我和老幺似乎都领悟到一些什么，但又无法准确描述那种感觉。

拿着军用饭盒，我们找到郑营长，向他报告了这一切。郑营长激动起来，用手指着牛皮纸："这些都是我的战友！"我和老幺问："你认识他们？""不认识，"他坚定地说，"不认识也是战友。"他朝我们扬扬头："全体集合！"10分钟后，郑营长、老幺和我站在队列前面，郑营长的腰上又挂着那支驳壳枪。"有件重要的事情，"郑营长抬高声音，"请老幺介绍一下情况。"

我和老幺都没料到要在全体人员面前讲话，没有任何准备。老幺咳嗽一声，开始说道："昨天晚上，炖肉有点夹生，我吃了之后有点拉肚子……"队伍里发出一阵哄笑，老幺继续说："半夜送木头路过嘎仙洞，想进去解手……"有人在后边骂了一句："这小子！"更多人笑了起来，郑营长挥挥手："你俩归队吧！"随后，郑营长发表了一番动人的讲话："我曾在战场见过金日成将军和彭德怀司令员，听他们都说过这样的话，在中国革命的战争史上，东北抗日联军的斗争是最杰出最悲壮的一页。他们在极端困难的条件下，表现出了中国共产党人坚决抗日的精神，体现了中华民族不屈不挠的精神，创造了战争史上的奇迹。"他从英雄杨靖宇讲到东北抗日联军，从他自身的经历讲到东北解放，一直讲到我们上山伐木是为了支援越南。他讲得慷慨激昂，我们深受震撼。

后来，我和老幺把那些黄色的牛皮纸珍藏起来。从此我毫无怨言地拼命干活，并向党组织递交了入党申请书。三个月后，我在党旗下庄严地宣誓入党，入党介绍人正是郑营长。老幺也入了团。

嘎仙洞的故事还没结束……

1979年我生病住院，闲时打开收音机，突然听到一则消息，犹如一阵春风唤起了我的回忆。消息说："大兴安岭地区加格达奇附近发现了一座有重大历史文物价值的山洞，本地人称'嘎仙洞'。"

1980年，文物考察队员在嘎仙洞中布满苔藓的岩石上，发现了密密麻麻的北魏石刻祝文。发现石刻文字的消息一经传出，便在史学界引起轰动，一时间传得沸沸扬扬。我不由得又想起那年老幺因闹肚子发现的那个饭盒。

七　多雪的冬天

1973年的冬天是一个多雪的冬天，在大兴安岭，雪总是无声无息地覆盖整个世界，让山更分明，让树更肃穆，也给人们心头平添了几分惆怅。我在日记里写道：

> 我特别注意到，初春的雪和冬天的雪有点儿不一样。冬天的雪落得迅速，硬而小，中间裹挟着许多冰碴；而初春的雪纷纷扬扬，在空中飘舞，质地松软，雪花一片一片的，落在手心即刻就融化了。
>
> 山上的很多荆条也不再碰上就断开，而是有了柔韧的感觉。荆条上长出点点小疙瘩，有点儿像花开之前的蓓蕾。在郑奎山营长的推荐下，我们折下很多荆条带回帐篷里，插在大大小小的酒

瓶内，两三天后，竟然绽开了无数粉色、白色的小花。郑营长说，这叫"金达莱"。

帐篷里面盛开金达莱，这给我们的生活带来无限诗意。看着小花，我们感受到了某种安慰，也有人见到花会更加想家，想念亲人。我们开始痛饮，醉酒后把头深深靠在荆条花枝之间，一觉醒来，满头满身都是细碎的花瓣。当时，一个叫小峰的战友还写下两行诗句：倾杯却在花下眠，惹得落红身满。

金达莱很自然地让我们想起朝鲜。那些年可唱的歌不多，却流行几首朝鲜歌曲，现在我还能记得名字，比如《岳飞山》《南江村的妇女》等。有一个名叫迟南德的哈尔滨知青，常在金达莱盛开时唱这样一首歌：

> 有一位小姑娘在平壤，她的名字叫朴金秀，虽然没有见过面，但亲密就像姐妹一样，她爸爸是一个抗联队员，长白山上打豺狼，和我爸爸同在一个连队，老战友并肩扛过枪。

他唱得深情而优美，歌声与花儿给我们的林区生活增添了些许欢乐。

我们在山上度过1973年元旦后，春节也即将来临。这时，一件谁也没料到的事发生了。之前和小贺相好的女知青小潘，外号叫"部长"，因小贺牺牲，过度悲伤，夜夜哭泣，突然要早产了。这消息在寂寞的山林里如同引爆了一颗炮弹。"部长"是北京知青，14岁就跟着姐姐来到兵团，四年了也没长个儿，因此被大家戏称为"部（不）长"。"你爸当年也才是副部长，你这么小就当了部长！"我们有时和她开这样的玩笑，她总是抬起头，严肃地望着我们，一双大眼睛黑白分明，透着稚气与善良。

我们都知道小贺对她很好，但对于他俩何时处对象以及她怀孕的事，我们毫不知情。在东北，10月初人们便早晚裹着棉袄、戴着帽子，身形难辨，也就难以觉察体形变化。

采伐连500人，只有不到50个女的，这还是有了兵团后出现的新变化。按山林里的老规矩，女人不能上山，传说她们会带来血光之灾。所有的老林工都知道这规矩，但兵团不管这套。我们采伐连的指导员就是女的，随她上山的女知青大多在伙房工作，也有几个做会计、出纳，负责后勤。"部长"怀孕的消息就是从她们那儿传出来的，一开始极其保密，可后来一夜之间，除了我，几乎所有人都知道了。

起初我发现老幺满脸兴奋,似乎隐瞒着什么,还对我三缄其口。在我给他点上第三支烟时,他才神秘兮兮、添油加醋地把这事告诉我,还说:"现在营长、指导员和几个支委委员正在开会,研究是不是该把'部长'送下山,去兵团医院。"我大吃一惊,和老幺一起走向连部。

连部在一个较大的帐篷里,设在所有帐篷中间,像古代军营的"中军大帐"。与其他帐篷不同的是,这里门上挂着一张毛主席像。帐篷里从中间分开,一半为办公区,另一半为女生宿舍。办公区除了郑营长和指导员的办公室,还有会计室和卫生室。我和老幺的父亲都是行伍出身,因此我们与郑营长交情不错。郑营长常常在酩酊大醉后,对我俩说:"回北京替我向大哥、大嫂问好,有机会我会到北京看他们的。"

郑营长对我俩明显和对别人不一样。当我们在连部门口探头探脑时,突然听到一声大吼:"进来!"我和老幺掀开门帘,见连部里只有郑营长、指导员、卫生员和女子排排长。女排长涨红了脸,坚持不同意"部长"下山,因为山路颠簸,一旦半路出事,"部长"母子的性命就很危险。郑营长大吼一声:"这娃儿要是死了,我们对不起烈士!"

卫生员手捧一本《农村赤脚医生手册》,说肯定要大出血,山上又没有输液设备,出了事她负不起责任。这时,老幺突然插嘴："大出血不怕,我有经验,我爸得痔疮就大出血好几次。"

我支持老幺："我可以给'部长'输血,我是 O 型。"我摘下帽子,把里面写的血型给郑营长看。老幺也说:"我也可以输血。"指导员朝我俩挥挥手："去去去,我们正在开支委会。"支委会开了两个小时,最后决定采取折中办法,既不留在山上,也不送去兵团医院。阿里河镇上就有个诊所,把"部长"送到诊所去。

第二天就是年三十了,连里决定,过了年就送"部长"下山。老天好像有意给领导们出难题,到了中午,"部长"的肚子一阵比一阵疼,据说已经开始出血。卫生员脸色惨白地找到郑营长,连声问怎么办。郑营长大发雷霆："我哪知道怎么办呀?昨天就让往山下送,她们都说不送。"他指的是指导员和女排长。听到动静,我和老幺又凑过去询问情况。"能不能把大夫请到山上来?"卫生员提出这一建议,很快就被采纳了。郑营长把孙广东叫来,给他布置任务:"叫小青年去我不放心,你岁数最大,而且你老婆生孩子也多,你有经验。"孙广东有七个孩子,确实很有经验。"你去请大夫,办成了,给你算三天加班。"孙广东激动得连连点头："保证完成任务!"郑营长从枕头底下抽出驳壳枪,插到孙广东的腰带上,二人还互相抱了抱拳。

八　特殊任务

一个小时后,两辆卡车下山了。头一辆车开路,后边的车里是我、老幺,还有孙广东。由于风雪太大,车开到山下,已是灯火稀疏。我们先到了林业局的楞场,打听妇产科大夫的家在哪里,随后几经波折,总算找到了妇产科大夫的家。

孙广东上前敲门,过了老半天,一个中年男人打开门。孙广东上前双手作揖:"我们是北京的知青。""知青?"中年男人望着一脸皱纹的孙广东,一脸疑惑。"不不,俺是说有一个北京的知青要生孩子了,想请大夫去看看。""早干吗去了,今天是什么日子,你们不知道吗?"中年男人说着就要关门。孙广东急了,一只脚赶紧卡进门缝里,中年男人用力关门,夹住了他的腿。这时老幺一脚朝门踹过去,因用力过猛,那中年男人应声摔倒在地上。我们五人一起挤进门去,屋里一个女人站起来,身形瘦削。她脸上戴着一副眼镜,这在当地非常少见,我们断定她就是大夫。孙广东抢步上前,"扑通"一声跪在地上,带着哭腔大声说:"大夫,救救命吧,快要生了,要是大出血,就是两条人命呐。"没等她说话,那个中年男人从地上爬起来,愤怒地说:"都出去,都出去,我们不出诊。"他一边说一边把我们往外推。时间已到半夜，我们下山已有几个小时，不知山上情况怎么样了。因为这件事，也许全连都过不好这个年。我和老幺对视了一下，心一横，推开孙广东说："去也得去，不去也得去。"老幺朝另外两个战友摆摆手，做了个手势，他们俩抓住那中年男人的胳膊，把他推进里屋。我和老幺各抓住女大夫的一只胳膊，架着她往外走。女大夫尖声叫道："你们干什么？土匪！"我们也不理睬，不由分说把她架出了门。另外两个战友从里屋出来，找到一把锁，把中年男人反锁在里屋，还找到了女大夫的药箱——一个红十字皮箱。女大夫还在叫骂，但无济于事，街上静寂无人。把女大夫推进前一辆卡车的驾驶室后，我和老幺、孙广东坐进后车的驾驶室，开始上山。

孙广东开始发愁："这么做得挨批吧，加班也要吹了，一个班六块钱呐。""没事儿，"老幺大大咧咧地说，"救人要紧呐！"车还没到嘎仙洞，后面响起一阵急促的马达声，我们远远看见一辆车追了上来，似乎是北京吉普。"他们追上来了！"我提醒老幺。我们按响喇叭，前一辆卡车停下来，老幺对那两位战友喊道："后边有人追，你们带着人先走！我们挡一阵！"前面的卡车长鸣一声，加速驶去。老幺跳上驾驶室，把我们这辆卡车横在路中间，左边是山涧，右边是陡峭的山崖，任何车都不可能过去。接着，老幺拎着两把伐木的斧子跳下车，递给我一把。我安慰孙广东："别怕，没什么大不了的。"孙广东很无奈："我都这岁数了，还怕啥？"他右手抽出驳壳枪，左手从腰间取下军用水壶，"咕咚咕咚"地灌了几口酒，然后双手叉腰，凛然地站在大路中央。我和老幺一左一右，手里紧握着斧子。吉普车由远而近，在我们面前不到十米处猛地刹住。

过了一分钟，车门慢慢打开，我们看到对面也站着三个人，前面是两名警察，后面就是女大夫家里的中年男人。中年男人用沙哑的声音喊道："土匪！就是他们，劫走了我老婆。""不许动！"两名警察厉声喝道，平举手枪对准我们。雪地在月光下泛着冷白的光，隔着十米也能看清那黑洞洞的枪口。孙广东哈哈大笑，抬手朝天放了一枪。"你们枪膛里没压子弹吧？"孙广东讥笑他们。当时，没有特殊任务，警察的枪里都没压子弹。我们就这样对峙着，足足有五分钟。还是孙广东先打破了沉默："我们是兵团的，有个闺女，不，是北京的知青要早产，领导让我们来接大夫，这犊子说啥也不让去。"孙广东用枪指指那中年男人，中年男人吓得往后缩了缩。"小青年们有点着急，没经大夫同意就把她接走了，生完孩子我们保证用八抬大轿把她送回去。"两名警察将平举的枪放下来："你们不是绑票的？"老幺扔下斧子："不是，要绑票也不会绑她呀。"老幺主动走上前，掏出烟递过去。两名警察接过烟点上,说:"你们是北京知青?""是。"老幺又从兜里掏出两盒烟,塞到两名警察手里。岁数较大的警察说:"这位同志(指中年男人)报了案,没点凭证不好交待呀,是不是跟我们回去一个人呢?"山上山下各留一人,这办法似乎公平,老幺一口就答应了。他回过头说:"我要开车去不了,看你们俩谁跟他们走一趟?"随即把目光落在孙广东脸上。孙广东心里多少有点发慌,他望向我:"三云,你看呢?"我说:"老幺,回去的路好走,我开回去也可以。"老幺把抽剩的半盒烟递到孙广东手里,说:"大叔,您老德高望重,有经验,这地方尊老爱幼,不会为难您老人家的。我和三云回去跟营长说说,再给您多记三天加班。""真的?!"孙广东这才答应。他把枪插回腰间,又把烟装进口袋,说:"走吧。"便大义凛然地朝两名警察走去。其中一位警察从腰间掏出一副手铐给他铐上,微笑着说:"别紧张,走走形式嘛,要不苦主也不乐意。"那中年男人也开口说:"一边押一个人质,你们把我媳妇儿送回来,警察同志就放人。"看来也只能这样。警察带着孙广东往吉普车走去,直到上吉普车时,孙广东才回头喊了一句:"生完孩子,赶快……"后半句话被关上的门截断了。吉普车在雪地上掉转头,飞驰下山。

我和老幺开车回到山上时,孩子已经生了。听说那个女大夫一路上气愤不已，但见到"部长"痛苦的样子，立刻就投入工作状态，吩咐其他人："快去打一盆热水！马上开一下帐篷门，让空气流通！准备酒精和生理盐水！"她拉着"部长"的手，边量血压边细声安慰着。整个生产过程只有半个小时，很顺利，一个男孩"呱呱"坠地。那声音就像是动听的交响乐，给全连带来了无限喜庆，郑营长居然落了泪。更令人感动的是，全连的人都没吃饭，大家都在焦急地等待。当婴儿的哭声传出帐篷，周围立刻响起热烈的欢呼声。人们纷纷倒酒，热烈地碰杯，一个个喜气洋洋，庆祝新生命的诞生。

  我和老幺就在这时回到了山上。指导员一手端着一碗酒，笑容可掬地向我们迎过来。"生啦？"我俩同时问，指导员点点头。"生了个啥？""人呗。"我们把酒一饮而尽，跑到女生排的门口，掀开门帘就想进去。"站住。"女大夫严厉地阻止我俩："你们这两个土匪，谁是孩子父亲？"我和老幺对视了一眼，不知如何回答。"谁是？"一直在打下手的卫生员凑过来说："大夫，这孩子的父亲前些天出事牺牲了。""啊？"女大夫非常惊讶，愣了一会儿，眼镜后面似乎有什么在闪光。"怪不得产妇情绪这么低落。她肯定没有奶，你们得想办法搞奶粉、红糖和催奶的东西。"

那天的日记里，我写道：

> 太阳已经升起来，和每个大兴安岭的早晨一样，但似乎又不一样。为了感谢大夫，下山的卡车上满满地装着礼物，载着我们兵团的心意。礼物有：两扇猪肉，10袋白面，100斤一桶的油，两箱我们二龙山出产的北大荒白酒。

离开前，女大夫和每个人握手，除了我和老幺。她把药箱留给卫生员，还一遍又一遍地嘱咐怎么用药。指导员亲自送她下山，当然也顺路接回了孙广东。听说女大夫留给派出所一箱白酒和半扇猪肉，派出所的人都很高兴。他们一再向孙广东道歉。临走前，孙广东还收到派出所赠送的100发空包弹，就因为他先前嘲笑警察的枪里没有子弹。孙广东成了这次任务的英雄，郑营长真的给他记了六天加班。

九 下山

1973年3月15日晚，山上召开最后一次全连大会。自1972年10月14日上山至1973年3月14日，整整半年，经我们肩膀抬下山的木头累计达 10 万立方米左右。郑营长宣布发放半年的奖金和加班费，每人都有份。发完钱后，大家开始撤帐篷、装车、下山，最早上山的先遣队则被留下清理支帐篷的木料和生活废料。当时我们每月工资 32 元，每月 1 号发放，奖金根据木材采伐量和搬运量总数计算，在下山前一次性发放。记得我当时领到了 300 多元奖金及加班费，算是一笔巨款。

发奖金的场面格外独特。所有帐篷都已拆掉装车，会计和出纳坐在伙房里发钱，桌子上点着两支蜡烛，屋里中央横拉着一根铁丝，上面挂着一支大号手电筒，打开着，防止蜡烛被风吹灭时屋里没有亮光。会计、出纳都是唱收唱付，钱被取走时还加上一句："恭喜发财！"我们领钱时则把预先准备的香烟递上，在会计、出纳面前码起一大溜儿。人人脸上都绽着笑容，互相说着吉利话。许多小伙子半年都没理发了，长长的头发向后披散着，却掩不住被山风日头摧残成紫红色的粗糙皮肤下，那被岁月雕琢出的沧桑痕迹。卡车把人们一批批送下山，天快黑时，山上只剩我们先遣队 26 人。（先遣队原 28 人，扣除已下山的郑营长和牺牲的小贺。）

我们把堆起的木材和杂物泼上汽油，26 人围成一个圆圈，点起了熊熊的篝火。一些破手套、抬木头用的披肩也被扔进火堆，有人甚至把破军衣也扔了进去。四周的山林已被罩上一层暮色，月亮升起来了，星星也依稀可见。周围又响起海浪一样的松涛声，哗啦啦的。篝火依旧，松涛依旧，眼前的景象却全变了。3月的大兴安岭仍被冰雪覆盖，略带春意的寒风依然刺骨，我们围着篝火互相敬着香烟，愉快地笑着。

山上的劳动终于结束了，想起最初的日子，劳动一天下来肩膀红肿，浑身累得像散架了一样。上山半年里，我受过两次工伤，一次是被架跳板的木凳夹住了手臂，当时戴的手表表盘都被压碎了。还有一次是一根尖锐的木刺扎进左小腿，直接从内侧穿透到外侧。两次流血都没影响劳动，我硬是咬着牙坚持完成了当天的任务，还受到郑营长的嘉奖，得了个"钢铁战士"的称号。此刻，望着眼前的篝火，想到下山后就能回北京探亲，我的心中充满幸福的希望，但一想到前途渺茫，我又感到十分怅然。

下山的汽车应该是半夜一点返回，我们只能靠着这堆余火度过难熬的夜晚。火堆旁，人们已经静下来，只听见火舌呼呼的声响。转眼间，夜色一片漆黑，天上连一颗星星也看不见了，仿佛从未存在过。远处哗啦的松涛声，让人仿佛置身深海。"大家唱支歌吧，开心一下！"有人提议。在一片笑声中，篝火旁响起了歌声。

忽然，我精神一振。眼前的篝火、歌声与夜色，瞬间勾起熟悉的记忆，一股暖流涌上心头，我不禁沉醉其中。那还是十几年前的一次少年夏令营，在松花江畔的沙滩上，旁边也有一座小山，小队长把篝火燃着了，又高举火炬，大家行了队礼坐下，我也是这样望着篝火笑着。天空布满繁星，空气十分清新，不远处传来手风琴和人们欢笑的声音。"欢迎新队员唱歌。"大家都鼓起掌，辅导员推着我："唱啊，唱吧！"我站起来，大声唱了一支红色歌曲："巍巍井冈山，养育着钢一连，毛委员就在队伍的里边，朱军长走在队伍的前面。我们来自武昌城下，我们来自湘江两岸，为了红色政权，和白匪军决一死战。"歌声一落，我马上坐下来，兴奋得涨红了脸，在欢笑声和掌声中，我紧紧地盯着美丽的火舌。

我清楚地记得当时自己在想：这红色、金黄色、蓝色的火舌是多么美呀！红色象征我们的队旗，金黄色象征我们今天幸福的生活，那柔和的、跳动着的蓝色，不正是这美丽的夜景吗？于是我幻想着同火舌、白烟一起飞向天空，蹲在草地上抱紧双膝时，仿佛已纵身跃起……

突然，拖着长音的汽车喇叭声中断了我的回忆，两道光柱刺破夜空照在我们身上，大家都跳了起来。汽车在篝火堆旁停下，老幺也跳下车，把手伸到火堆上取暖，又习惯性地环视四周,接过递来的烟,猛吸了几口,大声说:"大家带好东西,上车吧!"不一会儿,人们互相拥挤着,留恋地看着火堆叹息。

这个我们住了半年的寒冷、潮湿又亲切的地方呀!再见了,群山!再见了,跳板!再见,篝火!松涛声加倍响起来,仿佛大风召集所有松树、桦树、杨树以及不知名的野枝欢送着我们,曾与山林共处的人。我长吼一声,森林与群山都响起了回声,多么愉快,我的心中似乎也开阔了。

现在我也常想起这声吼。

几十年了,再没有机会这样高声吼叫了。

十 阿里河火车站

1973年3月15日,在离开加格达奇之前,我们还举行了一个仪式,值得在此添一点笔墨。我们在大兴安岭超额完成了支援越南的木材采伐任务,在越南,木材主要用来铺铁路。黑龙江生产建设兵团那年派了十个团,大兴安岭7个,小兴安岭3个。我们团的采伐量居各团之首,为此,沈阳军区委托兵团司令员签署嘉奖令,由团长马友明亲赴阿里河为我们颁发。

那天凌晨,我们最后一批人下了山,与郑营长会合,然后在火车站列队。采伐连整齐地站成五行,"部长"坐在旁边的爬犁上,怀里的棉斗篷裹着婴儿。郑营长提高声音喊了声:"立正!"然后跑步到马团长面前,立正敬礼:"六团一营采伐连郑奎山向您报告:上山五百人,牺牲一人,下山——"郑营长停顿了一下,又说:"还是五百人,新生一人。"所有人都没笑。马团长两眼如电,先凝视着郑营长,又缓缓扫过全连。尽管我们精神饱满,一个个笔直地站在队列里,但每个人异常紫黑的脸庞无法掩饰。山上刺人的荆条把我们的棉袄棉裤都划破了,勉强穿在身上,麻绳紧勒着腰际,山风掠过,碎布片和棉絮都随风抖着。

马团长的目光从队列上移开,停在爬犁上的"部长"身上,她深深地低着头。"同志们!"整个队列"唰"的一声,这是所有鞋跟碰撞的声音。"你们辛苦了!"马团长的声音有些哽咽,他大踏步走向"部长",郑营长快速跟上。马团长在"部长"面前停住脚步,低头看着出生不久的婴儿。队列开始发出一阵不安的躁动,人们紧张地盯着马团长。这时,马团长在"部长"面前立正敬礼,说:"你也辛苦了!"接着,他伸手抱过孩子,又将孩子高高托起,向着蓝天,向着太阳,说:"他是我们兵团的子弟——我在团里就听说了你们为这孩子做的一切。我代表团党委,向你们的阶级友爱精神致敬!""为人民服务!"我们雷鸣一样的喊声回答着马团长……

如今算来，那孩子也已五十出头了。听说他长得和小贺十分相像，人高马大的，现在北京某中学当老师。告诉我这个消息的是国家中医药管理局的一位副局长，他也是我当年兵团的战友。

1973年春天，我一下山就回到北京，在家里闭门读书，准备考大学。夏天一过，我按时返回连队。得益于郑营长、孙广东等老领导、老战友的大力推荐，我终于上了大学，三年后成为一名医生。后来，我发生了一系列变故，当然，这已经和大兴安岭无关了。

时光飞逝，1990年代末国家实施封山育林政策后，再没人上山伐木了。如今大兴安岭有了新的面貌。

衷心祝福我魂牵梦绕的加格达奇！